Duistere Jagtog

Leon Cornelius

Outeur: Leon Cornelius
Voorbladontwerp:

Geset in Franklin Gothic Book 12pt

Uitgegee en gedruk deur
Malherbe Uitgewers

Hoofstuk 1

"Nee! Asseblief tog. Los my!"

"Jy is myne, Poplap! Kom hier!"

Die stomme Emily Coetzer stoei vir al wat sy werd is, maar haar aanvaller is te sterk vir haar. Daarby saam voel haar bene lam en sy besef dat sy met elke sekonde swakker raak. Een van die laaste gedagtes wat deur haar kop flits voor sy haar bewussyn verloor, is die vraag hoekom sy nie eerder na 'n ander wildsplaas gegaan het nie? Daar is soveel van hulle in die omgewing en toe kies sy met haar geluk die een waarop sy wreedaardig aangeval word.

***

By die Besters heers 'n totaal ander atmosfeer. Hulle is besig om gereed te maak vir 'n vakansie op 'n wildsplaas, op die einste wildsplaas waar die stomme Emily tuisgaan.

"Danie, is daar nog plek in die sleepwa vir my grimeersakkie?"

Nadat hy eers 'n paar goedjies rondskuif, antwoord hy sy vrou, "Ja, Marla, net solank die sak nie groter as die beskikbare plek is nie."

Met 'n hoorbare sug kom sy nader gestap en gee die sakkie aan haar grapjas van 'n man.

"Goed, alles is gelaai. Ons moet nou net die kinders by die skool gaan haal dan is ons weg," sê hy terwyl die sleepwa se deur versigtig toegemaak word.

Danie en Marla Bester is al tien jaar lank getroud. Dit is juis om hierdie rede dat hulle vir twee weke gaan wegbreek na 'n wildsplaas net buite Brits. Hoewel 'n paar mense aangebied het om na die kinders te kyk, het hulle gevoel dat die negejarige Frikkie en agtjarige Suné saam met hulle moet gaan. Met finansies wat maar altyd lol vandat Danie twee jaar gelede as speurder in die polisie afgedank is, was dit 'n welkome meevallertjie toe die wildsplaas-eienaar by 'n vriend van hom hoor van hulle situasie. Hy het Danie se selnommer in die hande gekry en hom gebel met die goeie tyding van 'n gratis wegbreek op die wildsplaas. Hieroor was Danie en Marla oorstelp van opgewondenheid. Hulle kry nie veel geleentheid om weg te breek van die alledaagse gejaag nie. Danie is 'n maer man met vaalbruin hare, groen oë en het effense knopknieë terwyl Marla 'n bietjie stewiger gebou is met die pragtigste bruin oë en blonde hare. Vanaf die eerste oomblik toe hulle mekaar elf jaar gelede by 'n kerkbasaar ontmoet het, was dit duidelik dat hulle vir mekaar bedoel is. Hulle is albei saggeaarde mense wat altyd ander eerste stel – meestal tot hulle eie nadeel. By die skool aangekom, parkeer Danie die motor met die sleepwa aangehaak eenkant sodat hulle nie in iemand se pad staan nie. Marla klim solank uit om die kinders nader te wuif sodra sy hulle gewaar.

"Frikkie! Hier! Kom hierdie kant toe!" skree Marla toe Frikkie en Suné saam by die skoolhek uitgestap kom.

"Hallo, Ma. Hallo, Pa," kom dit amper gelyktydig uit die twee spruite se bekkies.

"Hallo. Is julle opgewonde? Kyk, alles is gereed. Julle is nou op vakansie!"

Die glimlagte op hulle gesigte is genoeg om enige verdere woorde oorbodig te maak. Met almal in die motor, trek hulle by die skool weg op pad na 'n heerlike blaaskans. Met die wildsplaas net so honderd kilometer ver, is dit darem naby genoeg dat almal nog redelik vars sal wees met hulle aankoms. Na 'n uur en 'n half se ry hou hulle by die groot ingangshek van die wildsplaas stil. "Hier is ons nou," sê Marla opgewonde.

Danie klim uit en stap na die klein sleutelbord langs die hek waar hy die toegangskode intik. Die hek begin oopskuif waarna hy terug draf na die motor, inspring en in ry. Die grondpad na die kampplek kronkel deur digbegroeide bosse. Frikkie en Suné sit vasgenael teen die motor se vensters in die hoop om wilde diere te sien. Na sowat drie minute bereik hulle 'n mooi plekkie wat deur bome omring is. "Ja," sê Danie, "ons kan sommer hier kamp opslaan."

Marla stem saam waarna die motor met die sleepwa agteraan langs die bome ingetrek word.

Die kinders spring uit om hulle blyplek vir die volgende twee weke te gaan verken terwyl Danie en Marla solank die tente uit die sleepwa begin laai. Dit neem hulle kwalik 'n uur, of hulle kampplek is byna gereed. Die twee tente staan sowat drie meter van mekaar af, elk onder sy eie boom met 'n grondseil wat die twee verbind met 'n afdakkie daaroor vasgemaak.

Marla is besig om 'n waslyn tussen twee bome te span, toe sy 'n vriendelike manstem agter haar hoor.

"Goeiemiddag! Welkom hier by Rots-en-Dal Wildsplaas."

Sy swaai vinnig om en kyk vas in een van die mooiste gesigte wat sy nog ooit aan 'n man gesien het.

"O, hmmm, middag. Baie dankie!"

"My naam is Phil Malan. Ek is die opsigter hier."

"Aangename kennis, Phil. My naam is Marla Bester en daar staan my man, Danie," sê sy al swaaiende met haar hand in manlief se rigting waar hy besig is om die laaste paar tentpenne in te slaan.

"Die eienaar, Diepseun van der Merwe, het my gestuur om te kyk of julle regkom met die tentopslaan," hy loer oor Marla se skouer na die twee tente en gaan verder, "dis duidelik dat hy my te laat gestuur het," sê hy laggend.

"Ja, ons is al ou hande wanneer dit by tent opslaan kom. Die kinders vra gereeld of hulle in die tuin kan maak of hulle kamp."

Danie stap nader en steek sy hand uit na Phil om hom te groet.

"Middag. Danie Bester."

"Phil Malan. Julle moet net skree as ek met iets kan help."

"Dankie, Phil. Ons maak so," kom dit effe agterdogtig van Danie.

Met 'n skielike swaar atmosfeer in die lug, groet Phil die gaste, draai om en begin wegstap. Marla draai na Danie, "Is daar iets fout?"

"Ek weet nie, daar is net iets aan daardie man wat my die horries gee."

"Hy lyk vir my tog na 'n gawe man."

"Ja, my skat, maar onthou net, dis daardie ouens wat alewig met 'n glimlag rondloop waarvoor mens baie versigtig moet wees."

Marla wil nie juis saamstem nie, maar wanneer dit by mense en hulle gedrag kom, vertrou sy Danie se oordeel. Sy het immers eerstehandse kennis van die stelle wat hy al met oneerlike mense afgetrap het. Sonder om daaroor te tob, draai Danie om en stap terug na waar hy nog besig is met die tentpenne. Op daardie oomblik besef Marla dat die kinders hopeloos te stil na haar sin is. "Frikkie! Suné!" Binne enkele sekondes kom die twee van agter 'n groot rots uitgestap.

"Ja, Ma?"

"Waarmee is julle besig?"

"Ons speel hier agter hierdie groot rots met die miere."

"Ma wou maar net weet waar julle is, gaan speel maar verder."

Soos blits swaai hulle om en hardloop terug na hulle nuutgevonde speelplek.

Hoofstuk 2

Met die son wat stadigaan wegsak, staan Danie by die groot braaier en pak die hout reg om 'n stewige vuurtjie mee te bou. Marla en die kinders sit elk op hulle eie kampstoel en bewonder die man van die huis, oftewel kampeerplek, se vernuftige houtboukuns. Hy het net die vuuraanstekers op die regte plekke onder die hout geplaas toe hulle 'n vreeslike gil hoor.

"Danie! Wat op dees aarde was dit gewees?!"

"Ek weet nie, maar dit het beslis daar van die lapa langs die swembad af gekom."

Marla stem saam, waarna Danie sê dat hy ondersoek gaan instel.

"Nee, wag! Moet ons nie hier alleen los nie."

"Ek sal nie lank weg wees nie. Bly jy en die kinders hier."

Met Frikkie en Suné nog styf teen Marla sedert hulle die verskriklike gil gehoor het, begin Danie in die rigting van die lapa stap. Hoe nader hy kom, hoe stadiger loop hy. Die doodse stilte wat oral om hulle neergedaal het net na die gil, dra by tot 'n onheilspellende atmosfeer.

Danie sien die lapa voor hom, daar is geen teken van lewe nie. Versigtig sluip hy nader. "Kan ek jou help?"

Hy skrik hom boeglam toe hy die stem hoor, maar sien nie die spreker nie.

"Wie is jy? En waar is jy?"

"Hier is ek," sê die man soos hy van langs die lapa te voorskyn kom.

"O, Phil. Het jy daardie vreeslike gil gehoor?"

"Gil? Nee. Het jy nie dalk die pou gehoor wat hier langs die swembad ronddrentel nie?"

"Nee, dit was baie beslis 'n gil. 'n Gil van 'n mens."

Phil bars uit van die lag. "Nee, man. Ek is seker jy het die pou gehoor."

Danie wil verder ondersoek instel, maar dit voel asof Phil doelbewus voor hom staan om dit te verhoed.

"Alles is onder beheer. Jy kan maar weer teruggaan na jou kampplek."

Phil se woorde, maar ook die wyse waarop hy dit sê, laat elke haar op Danie se liggaam penorent staan. Hoekom sal die man vir hom sê dat alles onder beheer is? Is daar dalk iets wat buite beheer was en nou uitgesorteer is? Sonder om verder te staan en wonder, draai Danie om en begin terugstap na waar sy gesin nog in afwagting sit.

"En? Wat was dit toe gewees?"

"Ek weet nie, maar ek sal jou een ding sê, ek hou al hoe minder van daardie Phil-knaap."

Omdat hy nie die kinders verder wil ontstel nie, stap Danie doodluiters na die braaier en steek die vuuraanstekers aan die brand. Marla besluit om eerder te wag tot die kinders slaap voor sy verder sal uitvra oor die gebeure by die lapa. Danie staan in stilte terwyl hy die vleis braai. Daardie gil het beslis uit 'n mens se mond gekom. Hy sal nooit voorgee om iets te wees wat hy nie is nie en ook nie dat hy 'n kenner van diere se geluide is nie, maar dat die pou onskuldig is, is 'n feit.

Nog in gedagte hoor hy hoe iemand oor die droë gras aangestap kom. Hy kyk vinnig op en sien 'n bejaarde, skraal geboude man sowat vier meter van hulle staanplek af.

"Goeienaand!" sê Danie om die man daarop attent te maak dat hy hom gesien het.

"Hallo, Baas."

"Baas? Nee ou, ek is nie jou baas nie. Jy kan my sommer Danie noem. Wie is jy?"

"My naam is Petros. Petros Khumalo. Ek bly hier op die plaas vandat ek nog 'n piekanien is."

"Ek sien. Kan ek jou help?"

"Die baas, ag, Danie, jy het die skreeu van die vrou gehoor?"

Die gil was te kortstondig vir Danie om met sekerheid te sê of dit 'n vrou was, maar hy vind dit tog baie interessant dat die vreemde man wat hier voor hom staan dit as 'n feit stel.

"Ja, ek het gehoor, weet jy iets daarvan?"

"Hierdie plek, hy is baie snaaks. Die laaste tyd ek hoor baie mense so skreeu by die nag."

"Ja? En die man van die plaas, Diepseun, wat sê hy daarvan?"

Die man staan eers 'n ruk lank en staar voor hom uit voor hy daarop antwoord, "Kom ek vertel jou die storie."

"Nou goed dan, kom staan hier by die vuur."

Petros stap stadig nader en gaan neem stelling in langs Danie.

"Die saak, hy staan so. Diepseun van der Merwe het hierdie plaas by sy pa geërf toe die oubaas dood is. Hulle noem hom Diepseun omdat hy nie baie praat nie, maar net baie dink."

"Ek sal graag môre met Diepseun wil gaan gesels. Weet jy waar ek hom in die hande kan kry?"

"Ja, as jy môreoggend sewe-uur by die dam daar onder in die bosse is, jy sal hom daar kry."

"Ek maak so. In elk geval, praat maar klaar. Die ou man hy is dood en Diepseun het die plaas geërf, en toe?"

"Dit het so twee jaar terug gebeur. Diepseun se vrou was besig om die kroeg by die lapa te sluit. Sy het nie by die groot huis daar teen die berg waar hulle bly teruggekom nie. Diepseun en al die werkers het die hele aand gesoek, maar ons het haar nie gekry nie. Dit was eers die volgende oggend toe ek haar daar by die dam kry."

"Het sy sommer net daar langs die dam gesit?"

"Nee, o nee," sê Petros terwyl hy weer sy gedagtes laat dwaal, "sy het met die tou om die nek aan die tak van 'n groot boom gehang. Sy was dood."

"My maggies! Wat vertel jy my nou?!"

"Ek het vir Diepseun gaan roep. Hy het baie gehuil daar by die dam."

"Dis natuurlik hoekom hy elke oggend daar langs die dam gaan sit, né?"

"Dis hom daai. Die mense hulle sê mies Charlotte het haarself opgehang, maar Diepseun glo vandag nog dat iemand haar doodgemaak het. Ek dink die vrou wat so gil is Charlotte."

"Dis baie interessant, dankie Petros."

Sonder 'n woord draai die raaiselagtige ou man om en begin wegstap. Hy was kwalik tien meter weg toe Marla haar by Danie aansluit.

"Wie was dit?"

Danie se gedagtes was ver en wyd wat daartoe lei dat hy skoon skrik toe sy skielik hier langs hom staan.

"Dis 'n man wat al sy hele lewe lank hier op die wildsplaas bly."

Nadat hy die hele verhaal net so aan haar oorvertel het, staan die twee in stilte en kyk hoe die vleis op die kole braai. Na afloop van die braaiery het hulle geëet waarna die kinders in hulle eie tent gaan slaap het. Hulle weet nog te min om nou al aannames te maak, maar wat hulle wel weet, is dat daar veel meer agter die vreemde gil skuil as wat op hierdie oomblik aan hulle geopenbaar is. Danie vertel vir Marla van sy plan om vroeg die volgende môre vir Diepseun van der Merwe by die dam te gaan soek. Hy hoop om die nodige antwoorde te kry sodat hulle in rus en vrede hulle vakansie kan geniet.

Hoofstuk 3

Die son het skaars sy kop begin uitsteek, toe Danie al op en aangetrek is. Na afloop van die vorige aand se gebeure, kon hy in elk geval nie veel slaap nie. Hy kyk na sy horlosie en sien dis net na vyfuur, waarna hy besluit om sommer nou al na die dam te stap. Danie gee vir Marla 'n soen op die wang voor hy by die tent uitklim. Hy wil haar nie so vroeg wakkermaak nie. Met die voëls se gefluit in die agtergrond is die stilte van die bosveld 'n lafenis vir die siel. Die dam is sowat drie kilometer ver, wat hom genoeg tyd gee om te dink oor hoe hy die ongemaklike onderwerp met Diepseun gaan benader.

Dis net voor sesuur toe hy by die dam aankom. In gedagte tel hy 'n paar klippe op en slinger hulle dan tot in die water voor hom. Met een van hierdie gooie verbeel hy hom dat hy iemand aan die oorkant van die dam gewaar. Hy staan in doodse stilte en kyk stip in daardie rigting. Sy liggaam is stokstyf soos hy fokus op dit wat hy dink hy gesien het. Na 'n rukkie besluit hy dat dit seker maar sy verbeelding was en hy tel weer 'n paar klippe op. Steeds in gedagte hoor hy in die vêrte hoe 'n voertuig aangery kom. Met sy ore gespits kyk hy in die rigting vanwaar hy die dieselenjin hoor en sien eindelik 'n groot wit bakkie op die kronkel-paadjie wat na die dam lei. Dit moet seker Diepseun wees, dink hy.

Die bakkie ry tot digby hom, word afgesluit en toe gaan die bestuurder se deur oop.

"Môre. Is jy Diepseun van der Merwe?"

"Dagsê, ja dis ek. Wat voer jy die naam?"

"Danie Bester."

"O, Danie! Ek wou gister al by julle gedraai het, maar toe stuur ek vir Phil toe ek sien die tyd gaan my nie toelaat nie. Was hy darem behulpsaam?"

Omdat Danie sy bedenkings oor Phil het, maar ook nie weet hoe sterk die verhouding tussen Phil en Diepseun is nie, besluit hy om liewer nie te veel daarop uit te brei nie.

"Ja, dankie. Hy was daar by ons gewees. Laat ek jou sommer dan ook nou bedank vir die mooi gebaar om ons gratis te huisves vir twee weke."

"Dis net 'n plesier, maar ek moet bieg. My bedoelings is nie so suiwer soos wat dit voorkom nie."

Danie was 'n baie skerp speurder gewees voor hy 'n politieke speelbal geword het en uitgewerk is. Hy het die vorige aand reeds vermoed dat daar meer agter die gratis verblyf skuil as wat die blote oog sien, veral na die gil en sy gesprek met Petros.

"Laat ek raai. Jy wil hê ek moet die oorsaak van jou vrou se dood ondersoek?"

Hierdie enkele sin het die wind behoorlik uit Diepseun se seile geneem.

"Dis presies reg, ja. Hoe weet jy dit?"

"Ek het gisteraand die allervreeslikste gil gehoor en gaan ondersoek instel. Wie of wat so gegil het kon ek nie vasstel nie, grootliks as gevolg van Phil Malan."

Vir 'n oomblik dink Danie dat hy sy mond verbygepraat het, toe hy sien hoe Diepseun sy kop instemmend knik. "Ja, Phil het so twee jaar gelede hier begin werk. Ek wil nie spoke opjaag nie, maar sedert hy hier is, is nie net my vrou nie, maar ook drie ander vroue op hierdie plaas vermoor."

"Kyk, ek weet natuurlik van Charlotte, maar die ander vroue is nuus vir my!"

"Wel, dis hoekom ek jou hierheen genooi het. Ek weet dit is agterbaks om jou so onder 'n valse voorwendsel hier te kry, maar ek is desperaat."

"Jy weet, Diepseun, jy kon my maar net reguit gevra het. Hoe dit ook al sy, ek sal jou help. Ek gaan sekere inligting van jou benodig. Dinge soos 'n lys met die name van almal wat vir jou werk, gastelyste oor die afgelope twee jaar en vryheid om oral op die plaas rond te beweeg."

"Dis in die haak!" Kom dit opgewonde van die groot man met die gehawende velskoene aan sy voete.

"Diepseun, gaan jy nog 'n rukkie hier bly, of kan jy my sommer met jou bakkie by my kampplek gaan aflaai?"

"Man, ek is so bly oor jou hulp dat ek nie eens lus het om vandag hier te sit en treur nie. Kom ons gaan. Ek sal sommer die nodige papierwerk by die lapa gaan haal nadat ek jou afgelaai het."

Die rit terug met die bakkie is darem baie vinniger as die staptog na die dam, dink Danie by homself soos hulle terugry.

"So ja. Ek sien jou bietjie later weer, Danie."

"Als reg."

Danie vind vir Marla op haar kampstoel met 'n beker koffie in die hand.

"Hallo, my skat. Waar is die kinders?"

"Hallo. Hulle het in die warmwater-swembad gaan swem. Kon jy toe iets wys raak oor die gil wat ons gisteraand gehoor het?"

"O ja. Dis nogal 'n interessante storie, maar ek sal jou later daarvan vertel. Ek gaan nou eers my swembroek aantrek om saam met die kinders te gaan swem."

So gesê, so gedaan. Tien minute later baljaar Danie saam met Frikkie en Suné in die heerlike warm water van die binnenshuise swembad.

"Kyk, Pappa! Kyk hoe lank kan ek onder die water bly," sê Suné opgewonde.

Danie is nog besig om haar nuwe vaardighede te bewonder, toe hy vir Frikkie hier skuins agter hom hoor roep.

"Pappa! Ek kan op my rug dryf. Kyk, ek sink nie eens nie."

Danie was nog besig om die kosbare tydjie saam met sy twee spruite te geniet, toe hy opkyk en sien hoe Diepseun hom van buite af nader wuif.

"Pappa kom nou weer, hoor?"

"Reg, Pappa," sê Frikkie terwyl hy verder op sy rug ronddryf.

Met die handdoek oor sy skouers gedrapeer, trippel Danie na buite.

"Ja, Diepseun? Het jy toe die dokumente gekry?"

"Nee. Ek verstaan dit glad nie. Daar is geen rekord van mense wat die plaas die afgelope twee jaar besoek het nie. Ek kon darem die personeellys kry, hier, hier is dit."

"Wie sou die gastelys laat verdwyn het?"

"Ek weet nie, maar dit bekommer my omdat slegs ek en Phil toegang het tot daardie inligting en dit was beslis nie ek gewees nie."

"Dis inderdaad baie vreemd, maar dis reg. Ek sal netnou bietjie loer na die personeellys en dan begin rondsnuffel onder hulle."

"Dankie, Danie. Ek waardeer jou hulp geweldig baie."

Danie wou nog antwoord, maar toe hy weer opkyk nadat hy die lys voor hom beloer het, was Diepseun van der Merwe reeds 'n ent weg.

Hoofstuk 4

Namate die dag aangaan, begin die kampeerders stadigaan inkom. Danie het intussen vir Marla op hoogte van sake gebring en toe rustig op sy kampstoel gaan sit om die lys te bestudeer. Hy sit diep in gedagte en lees dieselfde naam 'n paar keer oor. Phil Malan ... Phil Malan ... Phil Malan. Daar is net iets aan hierdie man waarvan hy wat Danie is, net mooi niks hou nie.

"Ek gaan 'n draai stap, kom jy saam?" vra Marla terwyl sy in Danie se rigting beweeg.

"Nee, ek wil so gou as moontlik deur hierdie lys werk. Ons is darem nog lank hier, ons sal nog baie geleenthede hê om te gaan stap."

"Goed so," sê sy moedeloos.

Danie het nie eenkeer opgekyk tydens die gesprek nie, anders sou hy die moedelose uitdrukking op haar gesig raakgesien het. Met hangende skouers begin sy wegstap. Sy besef dat Danie sy werk as speurder mis en dat hy nou 'n gulde geleentheid het om die ou dae te herleef, maar hierdie is hulle tiende huweliksherdenking. Is sy dan nie ook belangrik nie?

Haar gedagtes word onderbreek deur die luidrugtige musiek wat van die kroeg se kant af kom. Die kinders swem nog steeds en Danie is besig met sy nuwe ondersoek, wat haar laat besluit om na die kroeg te gaan.

Sy stop en wou net omdraai toe sy voor die deur kom, maar daardie gedagte word in die kiem gesmoor toe Phil haar innooi. Marla stap na binne terwyl Phil 'n kroegstoel langs syne vir haar uittrek. "En nou, Marla? Hoekom lyk jy so mistroostig?"

"Ag, dis niks."

"Wat drink jy? Ek betaal."

Haar huiwering om die aanbod te aanvaar, word vinnig gesnoer toe sy sê: "Het julle Springbokkies?"

"Natuurlik! Jan! Twee Springbokkies asseblief."

Jan Snyders het so jaar na Phil op die wildsplaas begin werk. Hulle het sommer gou vriende geword. Dit neem nie lank nie, of die glasies word geklink en die doppe weggesluk.

"Nog een?"

"Ja, hoekom nie!"

Kort voor lank begin Marla voel hoe die drank na haar kop begin gaan. Dis immers nog nie eens twaalfuur in die dag nie. Phil sien dit en neem die volgende stap.

"Wil jy iets besonders sien?"

"Wat?"

"Kom saam met my dan gaan wys ek jou."

Iets binne haar skop vas teen die idee, maar die drank in haar liggaam tesame met die feit dat Phil die mooiste man is wat sy nog ooit gesien het, laat haar weerstand verbrokkel.

"Goed, kom ons gaan."

Hulle stap by die kroeg uit terwyl Jan hulle glimlaggend agterna kyk. Hy weet presies wat Phil haar wil gaan wys. Phil het hierdie resep al met talle vroulike besoekers aan die wildsplaas gevolg. Phil en Marla stap na die bakkie wat so ent van die kroeg af geparkeer staan.

"Gaan ons iewers heen ry? Ek het gedink jy gaan my iets hier naby wys?"

"Dit is naby, maar dis veel nader as ons met die bakkie daarheen ry."

"Phil, ek voel nie lekker nie. Ek kan nie my bene voel nie."

Hy help haar by die bakkie in, slaan die deur toe en draf om voor hy vinnig agter die stuur inspring.

"My hele lyf voel lam. Sal jy my terugvat na my tent?"

"Sjjj, rus nou bietjie. Ek en jy gaan nog 'n heerlike tydjie saam hê."

Marla besef meteens dat Jan seker iets in een van haar drankies moes gegooi het. Sy kan egter nou niks daaraan doen nie. Hulle ry tot by 'n afgeleë gebou in die middel van die bos. Daar aangekom help Phil haar weer uit die bakkie en neem haar na binne.

"Is ek vir jou aantreklik?" vra hy terwyl hy sy hemp ontknoop.

"Ja, ja baie, maar ek wil teruggaan na my man en kinders."

"Ek sal jou later terugneem. Vir nou is dit eers net ek en jy."

***

Danie sit nog rustig met die lys op sy skoot toe Frikkie en Suné aangehardloop kom, "Pappa! Ons het net uit die swembad geklim toe ons sien hoe 'n oom vir mamma help om in sy bakkie te klim."

"Wat?! Kon julle sien waarheen hulle gery het?"

"Ja, hulle het in die bos ingery."

Danie lig in gedagte die papier voor hom op toe 'n ander naam op die lys skielik sy aandag trek.

"Jan Snyders!" skree hy hardop.

Hy draai na die twee kinders en sê hulle moet by die tent bly tot hy terug is. Hy gooi die papier op die grond neer en haas hom na die lapa. Daar aangekom hardloop hy na binne. Die plek is redelik stil.

"Snyders! Jan Snyders! Is daar 'n Jan Snyders hier?"

"Ja, ja, dis ek," sê die man agter die kroegtoonbank.

Danie storm op hom af, gryp hom aan die kraag en vra: "Was my vrou hier gewees?"

"Wie is jou vrou en hoekom ruk en pluk jy nou so aan my?"

"Marla! Marla Bester! Antwoord my, jou swernoot!"

"Ja, sy was hier saam met Phil Malan."

"Waar is hulle nou?"

"Ek weet nie. Hulle is so vyftien minute gelede hier weg."

"Luister en luister baie mooi. As my vrou iets oorkom maak ek vandag aan jou die belofte dat ek jou persoonlik daarvoor verantwoordelik hou!"

"Goed," sê hy in 'n bewerige stem terwyl hy 'n stuk papier nadertrek en 'n kaart begin teken terwyl hy verduidelik, "jy ry van hier af uit en draai by die eerste pad regs af. Van daar af volg jy die pad vir een kilometer tot jy by 'n reusagtige doringboom kom. Daar draai jy links en hou reguit aan tot jy by 'n geboutjie in die hartjie van die bos kom. Phil neem altyd die vroue daarheen."

Danie gryp die stuk papier uit Jan se hand, kyk hom stip in die oë en sê: "Ek is nog nie klaar met jou nie. Ek weet presies wie en wat jy is."

Jan besef op daardie oomblik dat sy verlede hom uiteindelik ingehaal het. Hy is ook nie van plan om veel langer rond te hang om te sien wat die kwaai eggenoot van Marla Bester met hom wil doen nie. Danie jaag soos 'n besetene op die grondpad. Hy dink aan die oomblik toe hy besef het wie Jan Snyders is.

Drie jaar gelede, toe hy nog 'n speurder in die polisie was, het hy met een van sy laaste ondersoeke te doen gekry met 'n sindikaat wat jong meisies en vrouens bedwelm waarna hulle ontvoer, verkrag en uitgevoer word na lande in die Ooste. Jan Snyders was een van die hoofverdagtes in daardie saak voor hy spoorloos verdwyn het. Dit was juis in hierdie tyd dat dinge vir Danie moeilik begin raak het en hy is net daarna ontslaan.

Danie wil nie aan die ergste dink nie, sy enigste doelwit is om nou by Marla uit te kom.

Hy sien die groot doringboom, loer vinnig na die stuk papier op sy skoot en swaai om die draai. Daar is die gebou, dink hy hardop. Hy sien Phil se bakkie onder 'n boom en is vir 'n oomblik baie dankbaar teenoor die vieslike kroegman. Nadat hy die motor langs die bakkie getrek het, spring hy uit en storm op die deur van die gebou af.

Daar is nie nou tyd vir mooi praatjies nie en hy skop die deur summier oop. Die toneel wat hom begroet laat sy bloed nog meer kook. Marla en Phil is byna heeltemal naak. Phil swaai om en wil nog verduidelik toe Danie hom met een enkele hou onderstebo slaan.

"Danie, dankie tog."

Hy gee haar 'n vuil kyk, tel haar rok op en slinger dit in haar rigting. Phil is steeds so uit soos 'n kers.

"Kom ons ry."

"Ek kan nie loop nie. Hulle moes iets in my drankie gegooi het. My bene is heeltemal verlam."

Danie stap tot teenaan haar, tel haar arm op en gooi haar oor sy skouer. Toe hy verby Phil loop begin dié met 'n pynlike kreungeluid ontwaak, waarop Danie hom 'n skop deur die gesig gee.

Terug by hulle kampplek help hy haar tot op die bed In die tent.

"Wat is fout met mamma?"

"Sy voel nie baie lekker nie, maar julle hoef nie bekommerd te wees nie. Bly net hier by haar, pappa moet gou lapa toe gaan."

Danie draai om en stap in die rigting van die lapa. Nou is dit hy en Jan Snyders!

Daar aangekom is die plek verlate.

"Snyders! Snyders, waar kruip jy weg?"

Jan Snyders is egter reeds ver weg. Die feit dat Danie geweet het wie hy is, het hom sommer vinnig daarvan oortuig dat hy hom uit die voete moet maak. Op daardie oomblik kom Diepseun ingestap.

"Danie, wat's fout?"

Danie stap tot agter die kroeg, trek 'n stoel nader, gaan sit daarop en skink vir homself 'n brandewyn.

"Wat weet jy van Jan Snyders?"

"Ou Jan, die kroegman?"

"Ja."

"Wel, hy het so jaar of wat terug hier begin werk. Nogal 'n goeie kroegman, hoekom vra jy?"

Met een teug sluk Danie die brandewyn weg en skink vir hom nog een.

"Ek weet nog nie of dit verband hou met die moorde op Charlotte en die ander vroue nie, maar gryp vir jou 'n stoel dan vertel ek jou so bietjie van jou wonderlike kroegman se minder wonderlike verlede en wat vandag tussen my vrou en Phil gebeur het."

Diepseun van der Merwe sit met 'n gapende mond en luister terwyl Danie hom die riller van 'n verhaal vertel.

Na afloop van Danie se vertelling kom 'n ander man ingestap.

"Waldo! My maggies! Ek het nie geweet jy is hierdie naweek weer hier nie."

"Hallo, Diepseun. Ja, wat, jy weet mos. Jy kan my nie te lank van 'n lekker plek soos hierdie af weghou nie."

Diepseun stel vir Waldo en Danie aan mekaar voor, waarna Waldo weer daar uit is om sy tent te gaan opslaan. Waldo Erwee is 'n gereelde besoeker aan Rots-en-Dal Wildsplaas. Hy lê ten minste eenkeer elke drie maande besoek af vir 'n naweek. Volgens hom is dit om weg te kom van die alledaagse gejaag, maar dit bly vir Diepseun vreemd dat die man in sy vroeë vyftigs nog nooit getroud was of kinders gehad het nie. Dis een ding, maar hy het sovêr Diepseun weet, nog nooit eens 'n vriendin gehad nie.

Danie loer vinnig na sy horlosie en besef dat hy na sy gesin moet terugkeer. Hy hoop ook dat Marla haar roes afgeslaap het sodat hulle soos beskaafde mense kan gesels oor die dag se gebeure. Diepseun onderneem om die saak betreffende Phil verder te voer, waarna die twee mans mekaar groet en Danie daar weg is.

Hoofstuk 5

"So? Wat wil jy my vertel, Marla?"

"Ek is regtig jammer, daai Phil vent het my in 'n oomblik van swakheid gevang. Ek het afgeskeep gevoel – deur jou."

"Praat dan met my! Dit help nie jy voel iets en jy sê niks nie! Of moet ek nou al jou gedagtes ook begin lees?"

"Dis makliker gesê as gedaan. Jy was vandag so doenig met hierdie nuwe ondersoek, dat jy my skaars raakgesien het."

Danie gaan sit langs Marla, plaas sy hand op haar been en sê in 'n fluisterstem: "As jy ooit weer daaraan dink om my te verneuk, sal jy bitter spyt wees."

Hy huiwer 'n oomblik voordat hy verder gaan, "Ek is niemand se gek nie."

"Ek is jammer, Danie. Maar ek sê mos ek dink hulle het iets in my drankie gegooi. Ek sal nooit so iets uit my eie doen nie."

"Wel, hou dit maar net in gedagte. In elk geval, ek het een van die name op die lys herken. Jan Snyders, die kroegman. Hy was een van die verdagtes in 'n saak waarmee ek besig was net voor ek afgelê is."

"Ja, dis darem een goeie ding," sê Marla in gedagte.

So sit hulle vir 'n paar minute in stilte terwyl die kinders in hulle eie tent sit en kaart speel.

Die stilte word na 'n ruk onderbreek toe Frikkie en Suné by die tent inloer.

"Pappa," sê Frikkie, "ek moet vir pappa iets vertel."

"Wat is dit?"

"Ek en Suné het nie heeldag net geswem nie. Ons het ook so bietjie op die rotse daar agter die lapa gaan klouter."

"Ag dis reg, seun. Net solank julle nie te ver afgedwaal het nie."

"Nee, darem nie, maar wat ons eintlik vir pappa wil sê is dat daar 'n tannie tussen die rotse gelê en slaap het. Ons het haar met klippies gegooi, maar sy was seker baie moeg. Sy het net daar bly lê en slaap."

Danie hou net mooi niks hiervan nie.

"Kom ons stap gou daarheen dan wys julle vir my, reg?"

"Dis reg, Pappa, kom ons gaan."

Marla is nog redelik lam en tam na haar beproewing en sy draai doodluiters om en slaap verder.

By die rotse aangekom, klouter Frikkie op tot bo met Danie kort op sy hakke.

"Sy het daar onder gelê, pappa moet net oor hierdie klip klim," sê hy terwyl hy wys na 'n groot klip voor hom.

"Goed, klim maar weer af en gaan wag by jou sussie."

Frikkie maak so en toe hy onder is, klim Danie verder tot oor die klip.

Die vrou lê nog daar. Hy klouter af tot by haar en stel vas dat sy dood is. Sonder om te aarsel neem hy sy foon en bel vir Diepseun om hom in te lig van die gruwelike toneel, waarna hy die kinders terugneem na hulle staanplek.

Na sowat tien minute staan die twee mans saam by die rotse en bespreek die moontlike oorsaak van die stomme vrou se dood.

"Diepseun, jy sal die polisie moet kontak."

"Ja, ek weet. Maar ek weet ook dat hulle nie van veel hulp sal wees nie. Hierdie is nou al die vyfde moord in twee jaar. Wel, dis nou te sê as Charlotte vermoor is."

"Jy weet natuurlik wat dit beteken? Jy sit met 'n reeksmoordenaar op jou plaas."

Hoewel Diepseun al daaraan gedink het, slaan die gesproke woord "reeksmoordenaar" die wind uit sy seile.

"Dit was natuurlik sy wat gisteraand so gegil het. Ek het kom ondersoek instel, maar Phil het my verhoed om verder rond te snuffel."

"Phil? Was hy gisteraand hier by die lapa gewees?"

"Ja, hy wou my laat glo dat die gil wat ek gehoor het eintlik dié van 'n pou was."

"Dis baie vreemd, Danie. Phil het my laat gistermiddag gevra of hy vroeër kan loop. Hy moes blykbaar deurry Pretoria toe en sou eers vanoggend weer terugkeer."

"Wel, tensy Phil een van 'n identiese tweeling is, het ek beslis gisteraand met hom gesels. Op daardie onderwerp, het jy die vabond uitgevra oor wat vandag met Marla gebeur het?"

"Nee, toe ek by die plek kom waar jy hom gelos het, was hy reeds weg. Ek het hom nog nie weer gesien nie."

"Miskien het hy besluit om saam met sy maatjie die hasepad te kies."

"Ek hoop so, Danie, ek hoop werklik so. Om eerlik te wees, ek hoop hy en Jan is die moordenaars, want as hulle nou hier weg is, was hierdie arme vrou hulle laaste slagoffer op my plaas."

"Ek ook, maar as daardie twee verantwoordelik is, moet ons die polisie bystaan om hulle vas te trek. Indien hulle op vrye voet bly, sal hulle bloot elders voortgaan met hulle booshede."

Diepseun knik instemmend en begin wegstap om die polisie te gaan ontbied.

Intussen staan Danie en bekyk die lyk voor hom. Die vrou se keel is afgesny en sy het merke aan haar gesig wat daarop dui dat sy eers aangerand is. Toe Diepseun weer by Danie aansluit, laat laasgenoemde hom weet dat hy maar teruggaan na sy gesin.

"Dis reg, Danie. Dit was 'n uitmergelende dag vir julle. Ek is regtig jammer dat julle daardeur moes gaan as gevolg van mense in my diens."

"Dankie, Diepseun, maar dis nie jou skuld nie. Jy is 'n goeie man wat maar net die beste in mense sien."

Danie tref vir Marla op haar kampstoel buite die tent aan. Sy sit doelloos voor haar en uitstaar.

"Hallo. Hoe voel jy nou?"

"Baie beter, dankie. Ek het sommer vir die kinders toebroodjies gemaak en bed toe gestuur. Moet ek vir jou ook een maak?"

Hy besef eers op daardie oomblik dat hy die hele dag nog niks geëet het nie.

"Nee. Ek is te moeg om te eet en buitendien, met alles wat op hierdie plaas aangaan is kos die laaste ding in my gedagtes."

"Het jy toe iets gekry daar by die rotse?"

"Ja, ongelukkig. Dis die lyk van 'n vrou. Ek is net dankbaar dat die kinders nie afgeklim het na haar nie. Haar keel is afgesny."

"Ag nee! Dis vreeslik! Wie sou so iets doen?"

"Ek weet nog nie, maar ek gaan beslis probeer uitvind. Dit moet iets te doen hê met die dood van Diepseun se vrou en nog drie ander vrouens wat ook die afgelope twee jaar hier vermoor is."

"Wat sê Diepseun van Phil... En die kroegman wat my dop gedokter het?"

"Hulle het spoorloos verdwyn. Indien hulle wel betrokke was by die moorde, sal Rots-en-Dal ook van nou af weer veilig wees."

Marla kyk na Danie, "Ek is regtig jammer oor als, my man."

"Ek sou so hoop. Jy het jouself vandag soos 'n regte slet gedra."

"Ek sê mos ek is jammer! Wat meer wil jy van my hê?"

"Ek wil hê dat jy jouself soos 'n getroude vrou en ma van twee kinders moet gedra. Magtig! Jy voel bietjie afgeskeep dan wil jy met die eerste vreemde man in die bed spring!"

"Danie! Hoe durf jy so met my praat?!"

"Nee, Marla. Hoe durf jý my verneuk?"

"Jy weet dan self dat my drankies gedokter was?"

"Ja, maar as jy jou drange kon beheer, sou jy nie eens by die kroeg ingegaan het nie."

Marla vlieg op, draai na Danie en sê: "Ek vat môre die kar. Ek en die kinders gaan by my ma bly vir 'n ruk. Wanneer jy weer jouself is, kan jy ons daar kom soek."

Sy storm by die tent uit met Danie wat haar kwaai aangluur.

Hoofstuk 6

"Help! Help my asseblief!"

Danie spring op vanaf sy stoel en hardloop in die rigting vanwaar hy die noodkreet hoor.

"Waar is jy?! Skree weer!"

Hy spits sy ore, maar dit is nou doodstil. Hy kyk na die horlosie op sy arm en sien dat dit net na drie-uur in die môre is. Na sy en Marla se argument kon hy nie slaap nie. Die noodkreet het daar van die boskamp naaste aan hulle staanplek af gekom, dink hy. Vinnig haas hy hom in daardie rigting met die hoop om die dame wat so angstig na hulp geroep het op te spoor.

"Hallo! Kan jy my hoor? Gee my net 'n teken, ek wil jou help."

Hy staan 'n rukkie stil om te luister, niks, dis doodstil. Meteens is daar 'n ritseling in die gras ongeveer vyf meter van hom af. Danie skrik eers en kies dan koers in daardie rigting.

Hy stop weer om te luister. Hy verbeel hom dat hy iemand verder weg kan hoor weghardloop. Dis donker en die terrein is ongenaakbaar. Versigtig sluip hy in die rigting vanwaar hy die laaste ritseling gehoor het. Hy struikel oor 'n boomwortel en beland gesig eerste op die grond. Danie steek sy hande uit om homself op te stoot toe hy met sy regterhand aan 'n onaardige ding vat. Nog met sy hand daarop geplant, bring hy sy gesig nader om beter te sien. Hy kyk vas in die gesig van 'n vrou! Sy is dood. Vinnig spring hy op en val hierdie keer byna agteroor van skok.

Ten minste weet Danie wat om in so situasie te doen. Hy merk die area sodat hy dit weer maklik sal kan opspoor en begin terugstap na die tent. Daar aangekom bel hy vir Diepseun en sê hy moet dadelik kom en sommer ook 'n paar skerp flitse saambring.

Marla en die kinders slaap nog, trouens, dit voel vir Danie asof almal behalwe hy deur die stomme vrou se noodkreet geslaap het. Hy probeer nou om een en een bymekaar te tel. Indien Phil en Jan iets te doen het met die moorde, maar die vorige dag reeds weg is, laat dit vir Danie met een van twee moontlike scenario's. Die eerste is dat hulle terug is en die tweede is dat hulle toe nooit die moordenaars was nie. Hy glo nie dat hulle sou terugkeer om slegs 'n paar uur nadat hulle daar weg is, weer iemand aan te val nie. Sy gedagtegang word onderbreek toe hy vir Diepseun sien aankom.

"Môre, Danie. Wil jy nou regtig vir my sê dat ons twee moorde binne die bestek van 'n dag gehad het?"

"Goeiemôre, Diepseun. Nee, ek wil dit nie sê nie, glad nie! Maar nou ja, dis ongelukkig hoe dinge tans daar uitsien."

"Sal jy my gaan wys waar die lyk is?"

"Ja, volg my."

Die twee mans stap versigtig deur die bos tot by die vermoorde vrou se liggaam. Daar aangekom gaan hurk Diepseun langs die lyk, eers lig hy op haar gesig met sy flits waarna hy omdraai na Danie, "Sy is nes die vrou van gister eers aangerand en toe keelaf gesny."

"Ja, ek het dit gesien. Met die twee swernote wat die pad gevat het, beteken dit natuurlik dat ons steeds sit met 'n moordenaar op jou plaas. Tensy hulle steeds hier iewers skuil."

Die mans staan en gesels oor die afgelope dag se gebeure op die wildsplaas en die moontlike verdagtes in die vorm van Phil Malan en Jan Snyders wat soos mis voor die son verdwyn het.

"Die polisie sal seker eers oor 'n uur hier wees. Sal ons 'n vinnige koffie gaan wegslaan?"

"Klink na 'n plan, Diepseun. Kom sommer daar na my tent toe dan hoef ons nie te ver van die lyk af te gaan nie."

Diepseun knik instemmend waarna die twee koers kies na Danie se kampplek.

Die son wil-wil begin dreig om sy kop uit te steek toe die polisiebakkie uiteindelik aangery kom.

"Môre. Het ek reg gehoor oor die radio? Was daar werklik nog 'n moord hier gewees?" vra konstabel Cameron Gouws.

"Ja, Konstabel. Inderdaad! Wie sou nou kon dink dat jy twee keer binne een dag hier besoek moet aflê om 'n moord te ondersoek?" sê Diepseun in sy kenmerkende rustige stemtoon.

Nadat hulle vir Cameron die lyk gaan wys het, stap hy terug na sy bakkie om die lykswa te ontbied.

Die raaisel rondom Charlotte van der Merwe, toe van die drie vrouens en nou nog twee vrouens se dood, verdiep by die minuut. Die eens vreedsame, rustige Rots-en-Dal Wildsplaas, is nie meer die rustige wegbreek plek soos hulle in die plaaslike koerante adverteer nie.

"Danie, noudat ou Cameron daar doer by sy bakkie besig is. Ek het werklik nie veel vertroue in die polisie se vermoë om hierdie moorde op te los nie."

"Ja, die polisie is maar net nie wat dit was nie."

"Goed, met daardie gedagte wil ek jou nou baie mooi vra om hier aan te bly en te help om hierdie sake vir eens en vir altyd op te los."

Danie dink eers 'n ruk na voor hy antwoord. Met Marla en die kinders wat in elk geval netnou in die pad val na haar ma toe, kan hy net sowel op die plaas aanbly en vir Diepseun bystaan. Dis darem nie asof hy iewers anders moet wees nie.

"Nou goed, Diepseun, dis reg."

Die gesprek was skaars afgehandel of Cameron sluit weer by hulle aan.

"Die lykswa en 'n forensiese ondersoeker van Rustenburg is op pad hierheen."

Intussen besluit Danie om terug te keer na sy staanplek om daar vir hom nog 'n beker koffie aanmekaar te slaan. Nog op pad daarheen hoor hy weer 'n ritseling in die bosse. Hy stop sodat hy beter kan hoor. Met slegs die oggend stilte in sy ore wou hy net weer begin aanstap toe hy weer iets hoor.

"Wie's daar?"

"Dis ek, Jan Snyders."

"Snyders! Kom uit dat ek jou kan sien."

Jan sluip versigtig tussen die lang gras langs 'n doringboom uit en beweeg dan stadig nader aan Danie.

Danie wag dat hy naby genoeg aan hom is voor hy vir Jan aan die kraag gryp en hom nader pluk.

"Danie, wag. Wag man! Luister net na wat ek te sê het."

"Nou goed, praat."

"Ek is jammer oor wat met jou vrou gebeur het. As ek geweet het dis jou vrou sou ek nooit haar dop gedokter het nie."

"Ons het 'n ooreenkoms gehad. 'n Ooreenkoms wat jy verbreek het."

"Danie, ek onthou ons ooreenkoms. Ek is nog elke dag vandat jy my gehelp het om te ontsnap dankbaar teenoor jou. Hoekom sou ek die man wat aan my my vryheid gegee het in die rug wou steek?"

"Wat weet jy van die moorde op die vrouens op hierdie plaas? Het jy en Phil Malan iets daarmee te doen?"

"Ek?! Nee, beslis nie. Wat Phil betref weet ek net dat hy en Charlotte destyds moontlik 'n verhouding gehad het. Of hy iets met haar en die ander vroue se dood te doen het, kan ek eerlikwaar nie sê nie."

"Goed dan, hoekom het jy teruggekom?"

"Ek het nêrens anders om heen te gaan nie. Hierdie plek was die afgelope jaar 'n veilige hawe vir my."

"So wat soek jy nou eintlik van my?"

"Ek gaan in die ou verlate boskamp bly, daar is 'n ou stal ook. Noudat Phil weg is, sal dit 'n veilige skuilplek wees. Niemand kom ooit meer daar nie. Dis ook hoekom Phil die plek gekies het vir sy wandade."

"Nou hoekom vertel jy dit vir my?"

"Want ek het jou hulp nodig. Sal jy vir my kos bring daarheen? Ten minste net totdat ek kan uitwerk wat ek verder gaan doen."

"O, en hoekom sou ek dit wou doen?"

"Omdat jy my nodig het om jou te help om die moorde op te los."

"Waar kom jy daaraan dat ek die moorde gaan ondersoek?"

"Ek het vir jou en Diepseun afgeluister toe julle netnou daaroor gepraat het."

Danie tuur 'n oomblik in die rigting vanwaar die son besig is om sy kop uit te steek.

"Dis reg. Maak jou nou uit die voete, ek sal later by jou kom draai."

Jan het skaars weer in die bosse verdwyn toe Diepseun aangestap kom.

"Danie, ek dog jy is al besig met jou tweede koppie Boeretroos."

"Ek ook, maar ek het bietjie in my gedagtes verdwaal."

"Ja, hierdie plaas sal dit aan 'n man doen."

"As daar niks anders is nie, sal ek nou maar daai beker koffie van my gaan nuttig."

"Dis gaaf, geniet dit."

Hoofstuk 7

Danie besef dat hy sy hande gaan vol hê om die moordenaar of moordenaars vas te trek. Een van sy twee hoofverdagtes, Jan Snyders, blyk skuldig te wees aan 'n gebrek aan basiese menslikheid, maar onskuldig wanneer dit kom by die kwessie van moord. Hy besluit om sy fokus vir nou op Phil Malan te plaas. Die laaste moord het wel gebeur nadat Phil verdwyn het, maar iets binne die oud-speurder laat hom steeds teruggryp na die moontlikheid dat Phil sy man is.

"Môre, baas Danie."

Danie word wreedaardig terug geruk na die werklikheid met die aanhoor van sy naam. Hy swaai om en kyk vas in Petros.

"Dagsê, ou Petros. Wat kan ek vanmôre vir jou doen?"

"Nee, Danie. Die eintlike vraag is, wat kan ék vir jóú doen."

"Ja? Praat dat ek luister."

"Daai man van die kroeg, Jan Snyders, hy is weer terug hier by die plaas. Ek het hom vanoggend vroeg hier naby binne by die bos gesien."

Asof hy niks daarvan weet nie, antwoord Danie heel verbaas, "Ja? Is jy seker dis hy?"

"Baie seker. Miskien dis hy wat die vrou doodgemaak het hier."

"Het jy vir Diepseun vertel?"

"Nee, Diepseun hy is baie besig. Ek sê jou omdat jy die man is wat die moordenaar moet vang."

"Dis gaaf, Petros. Hou dit maar so. Ons wil nie vir Diepseun met alles pla nie. As jy weer iets sien, kom sê my, reg?"

"Ek maak so. Nou ek moet die voëls by die hok gaan kos gee."

Weereens verdwyn ou Petros net so vinnig soos hy verskyn het.

Danie kyk op en sien hoe Marla en die kinders besig is om hulle goedjies in die motor te laai. Hy stap nader en roep vir Frikkie en Suné om hom 'n drukkie te kom gee.

"Julle gaan bietjie saam met mamma by ouma kuler."

"Ja, ons weet dit, Pappa. Mamma het klaar vir ons gesê," antwoord Frikkie.

Hy is baie hartseer om hulle te sien gaan, maar miskien is dit beter so. Dit sal hulle ten minste uit die kloue van die moordenaar hou.

"Julle moet julle daar by ouma gedra, hoor?"

"Ek is altyd soet by ouma," sê Suné onskuldig.

Danie besef dit, maar as ouer is dit seker sy plig om dit ten minste te noem.

Marla sluit haar by hulle aan, "Kom ons ry, kinders."

"Tata, Pappa!"

"Baai julle! Lief vir julle."

"Lief vir Pappa ook!"

Marla kyk die kinders agterna en toe hulle ver genoeg weg is, draai sy na Danie.

"So? Gaan jy ons nou regtig alleen hier laat weggaan?"

"Wat bedoel jy? Dit is jy wat besluit het om te gaan."

"Ag los dit maar. Ons het net die kar gelaai. Jy kan maar later self plan maak om die sleepwa weer by die huis te kry."

"Ja, wat ook al."

"Danie, ek weet nie wat dit met jou is nie. Ek ken jou nie so nie."

"O né? Het jy vergeet wat gister gebeur het?"

"Totsiens, Danie. Jy weet waar om ons te kry wanneer jy weer tot jou sinne gekom het."

Marla draai om en stap weg. Hy wil iets sê, maar die trots in hom skop vas en hy kyk haar in stilte agterna soos sy in die motor klim en begin wegry. Die twee klein gesiggies wat vir hom deur die agterruit van die motor waai laat sy hart smelt en hy waai met 'n aangeplakte glimlag terug.

Met die afskeid agter die rug, besluit Danie om rustig op sy kampstoel te gaan sit sodat hy weer deur die personeellys kan gaan. Hy is nou hier en Diepseun het hom mooi gevra om te help, en dis presies wat hy sal doen. Nog met die lys voor hom, breek sy gedagtes weg na die tyd waarin hy en Jan Snyders se paaie die eerste keer gekruis het.

Hy was as een van die hoof ondersoekbeamptes drie jaar vantevore betrokke by 'n groot mensehandel saak. Die leidrade het hulle sommer vinnig op die spoor van Jan Snyders geplaas. Jan was die middelman tussen Suid-Afrika en die lande in die Ooste waarheen ontvoerde vroue en kinders verskeep is. Hy was in beheer van die operasie om die onskuldige slagoffers te laat ontvoer. Hy het 'n spesiale mengsel ontwikkel wat die ontvoerde persoon blitsvinnig in 'n diepe slaap geplaas het.

Tydens een van die vele lang skofte wat Danie tydens die ondersoek ingesit het, het hy 'n draai buite gaan stap vir vars lug toe iemand hom vanuit die donker roep.

"Wie's daar?"

"Ek het 'n boodskap vir jou. Kry my daar by die wit stasiewa op die vêrste punt van die parkeerterrein."

Danie het versigtig in die rigting van die wit stasiewa begin stap. Die geheimsinnigheid van die situasie het hom vas laat glo dat die persoon inligting oor die saak het.

By die stasiewa aangekom tref Danie 'n skraal man, kwalik ouer as twintig, aan.

"Ja? Kan ek jou help?"

"Nee, maar ek kan jou help. Ek het vir jou 'n boodskap van Jan Snyders af."

Danie wou die man gryp toe dié hom vinnig keer met die woorde: "Stop net daar as jy lief is vir jou kinders."

Die gevreesde woorde het die verlangde uitwerking gehad en Danie is in sy spore gestuit.

"Waarvan praat jy?"

"Ek is deur Jan Snyders gestuur met 'n boodskap. Hier," sê die vreemde man terwyl hy 'n koevert voor hom uithou, "dis 'n brief van Jan af."

Danie neem die koevert. Hy het vinnig afgekyk na die koevert in sy hande en toe hy opkyk was die vreemde kreatuur weg. Hy begin die koevert oopskeur soos hy na die naaste verligte area stap. Hy stop, haal die brief uit en begin lees.

Speurder Bester,
Ek weet waar jy bly, ek weet waar jou kinders skoolgaan en hoe laat hulle van die skool af opgetel word. Ek weet ook jy is op my spoor, maar ek wil jou vriendelik versoek om jou soektog na my te staak. Indien nie, het ek reeds planne in plek gestel om te verseker dat jou kinders met die volgende besending uitgevoer word.

Danie het die briefie opgefrommel en woedend teruggestap na sy kantoor.

'n Week later is 'n poging om vir Suné voor die skoolhek te ontvoer gefnuik toe 'n op en wakker onderwyser gesien het wat gaande is en op die ontvoerder afgestorm het. Hy het met leë hande op die vlug geslaan. Later daardie aand het Danie 'n klop aan sy voordeur gehoor, maar toe hy die deur oopmaak was daar niemand nie. Op die grond voor die deur het 'n koevert, baie soos die een van 'n week vantevore, gelê. Hierdie keer skeur hy die koevert geweldddadig oop en lees die brief daarbinne.

Danie,
Dit was nie ek gewees nie. Iemand wat my uit die weg wil ruim het jou dogter probeer ontvoer. My

dreigement van verlede week was nét dit; 'n dreigement. Ek sal nie aan jou kinders raak nie. Trouens, ek sal jou kinders beskerm sovêr dit vir my moontlik is.
Ek hoop jy glo my.
Jan Snyders

'n Maand na hierdie tweede brief het Danie en twee konstabels uiteindelik vir Jan Snyders vasgetrek. Net nadat hy gearresteer is, het hy aan Danie vertel dat daar mense is wat uit hulle pad gaan om sy kinders te ontvoer en dat Danie hom moet vrylaat terwille van Frikkie en Suné se veiligheid. Vir een of ander rede het Danie die storie gekoop en die twee konstabels weggestuur om onderskeidelik die bakkie nader te trek en die polisiestasie in kennis te stel van die arrestasie.

Die twee konstabels was skaars weg toe Danie die boeie om Jan se gewrigte oopsluit en vir hom sê: "Doen jou woord gestand en ek sal jou laat gaan. O ja, ek wil jou nooit weer sien nie. Verstaan jy my mooi?"

"Dankie. Jy sal my nie weer sien nie. Ek sal mettertyd vir jou inligting aanstuur oor ander verdagtes om te verseker dat jy die saak kan oplos. Daarna sal ek verdwyn."

Met die twee konstabels se terugkeer vind hulle vir Danie op sy bas op die grond.

"Die vark het ontsnap!"

Die hele gedoente was bietjie dik vir 'n daalder wat tot 'n interne ondersoek gelei het. Jan het gemaak soos hy beloof het en net nadat die saak opgelos is, is Danie afgedank op gronde van nalatigheid.

Hier sit hy nou op 'n wildsplaas. Besig met 'n ondersoek en die man wat onderneem het om hom by te staan, is die einste man wat hom destyds sy werk gekos het.

Hoofstuk 8

Diepseun van der Merwe sit vir 'n verandering langs die dam met sy gedagtes wat wyd sweef. Die afgelope paar dae se bedrywighede op die wildsplaas, het daartoe gelei dat hy sy gebruiklike oggend besoek aan die plek waar Charlotte destyds aangetref is, opsy moes skuif.

Dit pla hom vreeslik dat hy te besig is om daar langs die dam te gaan sit. Aan die anderkant pla die huidige gebeure wat op sy wildsplaas afspeel hom nog meer. Sovêr dit hom aangaan is Phil Malan en Jan Snyders reeds ver weg, maar iets maak nie vir hom sin nie. Hoewel Phil beslis sy foute het, kan Diepseun nie vrede maak met die moontlikheid dat die man 'n koelbloedige moordenaar is nie. Nog diep in gedagte vang sy oog 'n beweging aan die oorkant van die dam. Hy spring op en begin in die rigting vanwaar hy dit gesien het stap.

Omdat hy die terrein baie goed ken, neem dit hom nie lank om by die oorkant van die dam uit te kom nie. Nog diep in gedagte – soos sy bynaam ook verduidelik – hoor Diepseun 'n ritseling in die gras skaars drie meter van hom af. Hy skrik en swaai om in die rigting vanwaar die geluid kom. Met sy oë in daardie rigting gefokus, hoor hy skielik iets agter hom maar voor hy kan omdraai word hy hard met 'n klip oor die kop geslaan.

"Wat?! Waar is ek?" kom dit moedeloos van Diepseun toe hy sy arms tevergeefs probeer oplig om aan sy seer agterkop te vryf.

"Hallo, Diepseun."

Die fluisterstem hier digby hom gee hom koue rillings. Dit voel asof hy in die een of ander gruwelfilm speel en hy is nie die dapper held wat almal gaan red nie.

"Wie is jy?"

"Wel, om jou eerste vraag te beantwoord, jy is in die ou stal hier op die grens van jou wildsplaas. Dis die maklike een. Maar wie ek is, is vir my om te weet en vir jou om nooit uit te vind nie."

"Nou goed dan, as jy dit so wil speel. Sê my dan minstens hoekom jy my hierheen gebring en soos 'n dier aan 'n stoel vasgebind het."

Die vreemde wese stap tot voor Diepseun, hy probeer om die persoon se gesig uit te ken, maar sy ontvoerder dra 'n balaklawa.

"Dis vir my so oulik dat jy elke dag daar langs die dam gaan sit om te tob oor ou Charlotte se dood. Wil jy weet wat regtig met haar gebeur het?"

Diepseun ruk en pluk, maar die toue is hopeloos te styf om sy gewrigte vasgebind om enige werklike uitwerking te hê. Die adrenalien pomp deur sy are en hy kan voel hoe die woede in hom opbou. "Luister, ek maak jou vrek. Hoor jy my? Jy hou jou vuil bek van my vrou af."

"Arme, arme ou Diepseun van der Merwe. Charlotte was net so hardkoppig soos jy net voor sy dood is."

"Hoe weet jy dit?"

"Vra jy nog? Ek was daar toe die stomme vrou haar laaste asem uitgeblaas het. Jy sien, Diepseun, ek is een van daardie mense wat nie maklik vergeet wanneer iemand my of iemand na aan my te na gekom het nie."

"Sê my dan wie jy is sodat ek kan weet wanneer ek jou kwansuis so te na gekom het."

"O nee! Jy gaan my nie so maklik flous om my identiteit te openbaar nie. Altans nie nou al nie. Ons gaan nog baie pret saam hê voor dit gebeur."

"Wat wil jy van my hê?"

"Dis nou die regte vraag! Ek wil hê dat jy jou wildsplaas en alles daarop aan my oordra."

Diepseun dink 'n oomblik na. As hy die wildsplaas aan die vreemde karakter hier voor hom oordra, sal hy minstens weet met wie hy te doen het, maar hy besef ook dat die persoon hom direk daarna sal moet doodmaak. Om hierdie rede besluit hy om vir nou saam te speel.

"Nou goed dan. Ek sal dit doen, maar op een voorwaarde."

"Ja?"

"Ek doen nie sake met gemaskerde skimme nie. Haal jou balaklawa af sodat ons mekaar in die oë kan kyk."

Die skim sug, stap tot by die ou staldeur en draai dan na Diepseun, "Nee, ek aanvaar nie jou voorwaarde nie. Maar ek het vir jou 'n teenaanbod. As jy weier om die plaas aan my te gee, sal ek jou net hier los en voortgaan met my stokperdjie van moord pleeg. Dis net 'n kwessie van tyd voor hierdie plek in elk geval niks werd sal wees nie."

"Ek sal my kanse vat want daar is geen manier waarop ek my plaas aan my vrou se moordenaar gee nie."

"Nou goed dan. Onthou net, ek was die afgelope twee jaar baie rustig. Van nou af gaan die lyke voor jou kantoortjie begin ophoop en elke een sal op jou gewete wees."

Sonder om enigiets verder te sê, draai die moordenaar om en stap by die groot hout staldeur na buite. Na 'n minuut hoor Diepseun hoe sy bakkie aangeskakel word en toe begin wegry.

Die toue is baie styf om sy gewrigte, maar daar is geen ander keuse as om homself los te kry nie. Niemand kom ooit aan hierdie kant van die plaas nie wat die moontlikheid om deur iemand gevind te word heeltemal uitskakel. Na 'n paar minute se struweling, skep Diepseun eers asem. Skielik hoor hy iets soos 'n wekker wat iewers tik. Om seker te maak hy verbeel hom nie, hou hy sy asem op om beter te kan hoor. Het sy ontvoerder dalk 'n bom hier geplant? Vra hy homself af. Dan begin hy weer in alle erns om die toue te probeer loswikkel. Die konstante getik dra by tot die spanning omdat hy nie weet wanneer die moontlike bom sal afgaan nie. Hoe harder hy met die toue stoei, hoe meer tap die sweet van sy voorkop af en loop naderhand tot in sy oë. Dit brand soos vuur, maar daar is nou belangriker sake om af te handel as om te kerm oor seer oë. Die getik maak hom waansinnig. Nou dink hy glad nie meer helder nie, hy ruk en trek en net toe hy dink sy lot is verseël, skiet een van die toue los. Soos blits kry hy die ander arm ook los en begin toe karring aan die tou om sy enkels. Hy was net besig om op te staan toe hy 'n harde alarm hoor. Hy hardloop in die rigting van die staldeur en bars uit na buite met 'n duik beweging wat enige fliek-held soos 'n lammetjie sal laat lyk. Met sy hande oor sy ore lê hy vir 'n paar sekondes doodstil en toe hy uiteindelik sy kop oplig, kyk hy in 'n wekker voor hom vas. Diepseun steek sy hand uit en tel die wekker op. Sy ontvoerder het toe nooit 'n bom geplant nie, maar een ding is seker, die man wat hom hierheen gebring het, het 'n baie siek humorsin.

Sonder om verder tyd te verspeel, begin Diepseun terugstap in die rigting van die kampeerterrein. Hy moet so gou as moontlik met Danie gaan gesels oor wat die afgelope paar uur gebeur het.

Hoofstuk 9

"Ouma, waarheen het mamma gegaan?" vra Suné.

"Ek weet nie my skat, maar sy sal seker later weer terug wees," kom dit van die bejaarde tannie met die groot bolla teen haar agterkop vasgemaak.

Marla het skaars by haar ouerhuis gearriveer en die kinders afgelaai, toe sy weer in die motor geklim het om te ry. Haar laaste woorde aan haar ma was: "Ma, kyk asseblief vir 'n paar uur na die kinders. Ek moet dringend iets gaan afhandel." Met hierdie woorde is sy daar weg na wie weet waarheen.

Die geheimsinnigheid van die situasie het vir ouma Bets agterdogtig gemaak. Sy wou nog vra waar Danie is, maar daarvoor was daar nie tyd nie. Marla was baie haastig om weer in die pad te val. Nadat sy 'n ruk lank in stilte gestaan en kyk het hoe Frikkie en Suné speel, besluit sy om hulle liewer nie uit te vra oor hulle pa se afwesigheid nie. Sy sal maar wag vir Marla om terug te keer sodat sy agter die kap van die byl kan kom.

'n Paar uur later sit Bets en Herman op die stoep. "Herman, iets is nie lekker tussen Marla en Danie nie."

"Ag, my vrou! Jy moet jou tog nie aan alles steur wat vir jou vreemd lyk nie. Daar was ook maar tye waar dinge tussen my en jou ook gehaak het, en hier sit ons nou rustig saam op dieselfde stoep."

"Ja, maar ons het die probleme uitgepraat. Lyk my vandag se paartjies ignoreer mekaar en hoop dinge kom vanself weer reg."

Herman haal diep asem voor hy die lug weer luidrugtig uitblaas. "Wag maar tot sy terugkom dan vra jy haar wat gaande is. Wat help dit tog om nou te tob oor iets wat dalk sal uitdraai om niks te wees nie."

"Dis maklik vir jou om so te sê, jy is nie 'n ma nie."

"Maar ek is darem 'n pa. Marla is mos my kind ook en ek is lief vir haar," kom dit verdedigend, dog effe sarkasties van Herman.

Terwyl hulle nog so sit en gesels, draai daar 'n motor met sy hoofligte aan by die hek in. Net toe Herman wou opstaan om ondersoek te gaan instel, sien hy hoe Marla uitklim en die deur gewelddadig toeslaan.

"Hallo, my kind. Hoe gaan dit met jou? Die kinders het klaar geëet. Hulle kyk nou televisie."

"Hallo, Pa. Dankie, ek is bly."

Net toe Bets met haar ondervraging wil begin, skuur Marla tussen die twee oumense deur en glip by die voordeur in.

Bets draai na Herman: "Sien? Ek het jou mos gesê iets is nie lekker nie."

Herman vryf oor sy agterkop, byna soos 'n kind wat met sy hand in die koekieblik gevang is, "Ja, ja jy is reg. Ek sien. Wat dink jy gaan aan, Bets?"

"Ek weet nie, maar ons sal beslis met die kind moet gaan praat."

Herman skuifel senuagtig rond voor Bets hom gerusstel, "Toe maar, Herman, ek sal alleen met haar gaan praat."

Sonder om verder te aarsel draai sy om en stap by die huis in.

Bets tref vir Marla in die kombuis aan. "Wat jaag jou so, Marla?"

"Ag Ma, kan ons dit nie maar liewer los nie? Ek is regtig nie lus om nou daaroor te praat nie."

Bets wou nog daarop reageer, maar Marla het haarself weer 'n keer soos blits uit die voete gemaak. Sy het nog so in gedagte gestaan toe Herman ingestap kom.

"En toe? Wat gaan aan en waar is Danie?"

"Ek weet nie, sy wil nie vanaand met my praat nie. Ek sal maar môre weer probeer."

***

Vroeg die volgende oggend, tref Bets vir Marla op die stoep aan. "Môre. Het jy lekker geslaap?"

"Môre, Ma. Ja ek het, dankie."

"Wat gaan aan?"

Marla skuifel eers ongemaklik rond voor sy haar ma van alles vertel wat op die wildsplaas gebeur het.

"Verstaan ma nou hoekom ek nie gister hieroor wou praat nie?"

Met die skok van wat sy pas gehoor het duidelik sigbaar op haar gekreukelde gesig, antwoord Bets: "Ja, ek verstaan nou baie beter. En Danie? Het hy julle sommer net so laat gaan?"

"Ja, hy was baie omgekrap oor wat gebeur het."

"Maar steeds, 'n man laat nie sy vrou en kinders ry en bly dan sommer net agter nie."

"Ag, ma ken mos vir Danie. Hy het eers tyd nodig om sy wonde te lek. Op daardie onderwerp," gaan Marla voort, "sal ma en pa vandag weer na die kinders kyk? Ek moet iewers heen gaan en ek kan hulle nie saamneem nie."

"As ek mag vra, Marla. Waarheen het jy gister verdwyn? En nou wil jy vandag weer êrens heen gaan sonder die kinders?"

"Dis beter dat ma nie weet nie. Maar moenie bekommerd wees nie, ek sal hierdie keer lank voor donker terug wees."

"Nou maar goed dan. Wees net veilig en moenie iets onverskillig gaan aanvang nie."

"Ek sal niks onverskillig doen nie, Ma. Ek weet presies wat ek doen."

Sonder om enige verdere woorde te wissel, sit ma en dogter in stilte op die stoep vir byna 'n halfuur voor Marla opstaan om na binne te gaan sodat sy vir Frikkie en Suné kan gaan groet.

Kort daarna stap sy na die motor, draai in gedagte in die rigting van die stoep waar Bets vir haar staan en kyk, klim woordeloos in en ry weg.

Hoofstuk 10

Intussen kom Diepseun uiteindelik al strompelend by Danie aan.

"Danie, maggies maar is ek bly om jou te sien!"

Danie staan vinnig op en bekyk die man hier voor hom so op en af voor hy sê: "Maar hoekom, Diepseun? Jy weet mos hierdie is my staanplek en jy het dan direk hierheen geloop."

Diepseun wou nog terug antwoord, maar die suurstof hiervoor ontbreek. Hy gaan staan met sy hande op sy knieë en haal so luidrugtig asem, dat Danie na hom toe stap, sy hand op die groot man se rug plaas en vra: "Wat gaan aan? Wat het gebeur dat jy so uitasem is?"

"Dis, dis die moordenaar. Hy het my ontvoer en vasgebind, maar ek het ontsnap."

"Wat?!" skree Danie met die skok duidelik hoorbaar in sy stemtoon, "Wie is dit?"

"Ek het nie die vaagste benul nie, Danie. Ek kon nie sy gevreet sien nie."

"Het hy met jou gepraat?"

"O ja. Hy is verantwoordelik vir Charlotte se dood ... al die ander vrouens s'n ook. Hy wil hê dat ek my wildsplaas aan hom oordra, indien ek dit nie doen nie, sê hy dat hy die tempo waarteen die moorde gepleeg word, sal verhoog."

"Kom, Diepseun. Kom sit hier dan maak ek vir jou 'n lekker sterk koppie koffie. Jy moet my alles vertel. Die grootste leidrade skuil gewoonlik in die fynste besonderhede."

Nadat die twee mans 'n uur lank gesit en gesels het, begin Danie ongemaklik in sy kampstoel rond skuifel. Dit is vir hom duidelik dat hulle hier te make het met 'n psigopaat. Iets wat seker logies is as in ag geneem word dat die persoon moor sonder enige gevoel van spyt, maar die manier waarop hy vir Diepseun behandel het, dui daarop dat hierdie persoon hou van kat-en-muis speletjies. En dis iets wat Danie diep bekommer. Dit dui verder daarop dat die geweldenaar baie intelligent is, heel moontlik uit 'n goeie ouerhuis kom en geen rede het vir sy dade anders as pure genot nie. Dit kompliseer sake vir die oud-speurder en die man wat hier voor hom sit.

Terwyl die mans nog rustig verkeer, is daar 'n skielike geluid in die gras skuins agter Danie. Hy spring blitsig op, swaai om en skree: "Wie's daar?!"

Teen hierdie tyd is Diepseun ook al van sy stoel af. Versigtig sluip hulle in die rigting vanwaar die geluid gekom het. Die laaste sonstrale van die dag bemoeilik hulle taak veral omdat die strale direk in die twee mans se oë skyn.

"Waarna kyk julle?"

Die twee mans spring gelyktydig penorent met die aanhoor van die stem hier digby hulle.

Danie herken onmiddellik die stem terwyl Diepseun nog wonder oor wat nou gaande is.

"Marla! Wat maak jy hier?"

"Nee, Danie, die eintlike vraag is: Wat maak jy en Diepseun daar?"

"Ons het iets gehoor en gaan ondersoek instel. So terug na my eerste vraag: Wat maak jy hier? En waar is die kinders?"

"Die kinders is veilig by my ouers. Ek is hier om julle te waarsku."

"Waarsku? Wat bedoel jy?"

"Julle is besig om te krap waar dit nie jeuk nie. Hoe meer aandag julle aan die moordenaar gee, hoe meer gaan hy soek."

Diepseun stap na Marla, groet haar en gee een laaste kyk in die rigting vanwaar hulle die geluid gehoor het voor hy weer gaan sit.

"Goed dan, verduidelik," kom dit ongeduldig van Danie.

"Nee, luister tog net een enkele keer in jou lewe na my en laat hierdie storie vaar. Dis al wat ek vir jou wou kom sê."

Marla draai net daar en dan om en begin terugstap na die motor. Danie draf agterna, maar hy is te laat om haar voor te keer. Sy het soos 'n skim verskyn, haar vreemde boodskap gelos en weer in die pad geval.

"En nou, Danie? Dink jy Marla weet iets wat ons nie weet nie?"

Danie kyk na Diepseun en toe in die rigting waarheen Marla sopas weggery het en sê: "Sal jy my asseblief verskoon, Diepseun? Ek het bietjie tyd alleen nodig om alles mooi te deurdink."

Omdat Diepseun verstaan van dinge vir jouself uitpluis en deurdink, draai hy woordeloos om en begin wegstap. Hy is buitendien uitgeput na die dag se gebeure en die gedagte aan 'n warm stort voor hy gaan inkruip, laat hom sommer vinniger aanstaltes maak na sy huis.

Danie is baie deurmekaar. Hy probeer die stukkies van hierdie legkaart, wat by die uur net meer ingewikkeld raak, bymekaar plaas. Sy kop werk oortyd, hy wonder hoekom Marla spesiaal sou terugkeer om hom te waarsku om eerder die hele saak te laat staan. Hy kan nie begryp dat sy so iets sal doen nadat sy vroeër redelik vies daar weg is met die kinders nie. En dan probeer hy onthou of haar houding anders was as vantevore. Was sy besorgd, kwaad, hartseer of in 'n mate van rustigheid gedompel?

Hy speel die kortstondige gesprek keer op keer in sy gedagtes af, maar antwoorde is min. Dit maak nie saak van watter hoek af hy haar woorde bekyk nie, dit bly vir hom baie vreemd. Nog in gedagte tref iets hom. Om watter goeie rede sou sy deur al hierdie moeite gaan vir iemand wat haar van 'n verneukspul beskuldig het? Dit maak net nie vir hom sin nie.

Danie weet reeds dat daar vanaand geen sprake van slaap is nie. Hy sluk die laaste bietjie koffie in die beker af, staan op en begin doelloos tussen die ander staanplekke drentel. Sy kop werk oortyd, soveel so dat hy nie eens besef dat hy homself naby die verlate ou stal waar die narigheid met Marla en Phil, en nou Diepseun se aanhouding afgespeel het nie. Hy stop, kyk effe verwilderd rond, en begin toe in die rigting van die verlate gebou te stap. Nou dat hy hier is, kan hy net sowel bietjie rondkyk vir moontlike leidrade, dink hy.

Stadig stap hy tot by die ou staldeur wat nog oop staan na die gebeure van vroeër. Danie haal sy selfoon uit sy broeksak en skakel dié se flitslig aan om beter te sien. Die stowwerige, leë kamer skep aanvanklik die indruk en gevoel dat geen onheilspellende dinge al ooit hier gebeur het nie; nog minder dat daar kwalik 'n paar uur gelede iets soos uit 'n aksie-rolprent hier afgespeel het nie. Versigtig sluip hy verder. Hy weet nie juis waarna hy op soek is of wat sy speurder-brein verwag om hier te vind nie, maar dit maak nie saak nie. Hy het nie nodig om op hierdie spesifieke oomblik op enige ander plek te wees nie.

By die stoel waaraan Diepseun vasgebind was, sien hy die stuk tou op die grond. Hy wonder of die ontvoerder die tou aspris op so wyse vasgemaak het sodat Diepseun self sou kon los kom? Miskien was die hele gedoente doelbewus beplan en uitgevoer om 'n boodskap te stuur, nie net aan Diepseun nie, maar ook aan Danie. Skielik flits Marla se gesig en haar waarskuwing deur sy gedagtes. Iets is nie pluis nie. Marla se gedrag was baie vreemd, glad nie eie aan haar persoonlikheid nie. Hy gaan sit op die stoel en staar na die oop deur. In werklikheid staar hy na niks, op hierdie oomblik is alles binne hom gefokus op wat in sy kop aangaan. Nog diep in gedagte, skrik hy hom boeglam toe die einste foon wat lig verskaf die doodse stilte in die ou stal luidrugtig onderbreek.

"Hallo."

"Hallo, met wie praat ek nou?"

"Jy het my gebel, met wie wil jy praat?" antwoord Danie ongeduldig.

"Ah, ek dink ek is by die regte persoon. Die ouer manne het my vertel dat jy 'n kortaf ou ballie is."

"Luister man! Ek het nie tyd vir kat-en-muis speletjies nie. Wie is jy en wat soek jy?"

"Nou goed dan, my naam is sersant Gerhard Viljoen. Ek werk saam met die speur-afdeling wat onder andere ontvoerings en die daaropvolgende ketting van mensehandel ondersoek."

"Naandsê, Sersant. Waarmee kan ek jou help?"

"Ek is bly jy vra, want sien, ons is besig met 'n saak wat vir my voorkom sekere konneksies mag hê met die saak wat jy destyds ondersoek het. Wat weet jy van 'n ene Jan Snyders?"

"Wel, ek weet dat hy 'n glibberige kalant is."

"Ja, so kom ek ook stadig, maar seker agter. Hy het so paar jaar gelede spoorloos verdwyn en ek sal hom graag 'n paar vrae wil vra. Jy weet nie waar ek hom in die hande kan kry nie?"

Danie huiwer 'n oomblik. Hy verstaan die frustrasie daaraan verbonde om 'n leidraad op te volg en dan steeds met leë hande te sit. Maar in hierdie geval, is Jan vir hom meer werd hier onder sy neus as iewers daarbuite. "Nee, ek is jammer. Soos ek aan jou genoem het. Die man is glibberig."

Met sy teleurstelling in Danie se antwoord duidelik hoorbaar, gaan die sersant voort, "Danie, ek weet jy ken hierdie lyntjie maar al te goed, maar as jy dalk iets van hom of sy ligging hoor, sal jy my asseblief op hierdie nommer waarvan ek nou bel kontak?"

"Dis reg, hoewel ek jou sommer nou al kan sê dat ek die moontlikheid om hom raak te loop sterk betwyfel."

"Nietemin, baie dankie vir jou tyd, Danie."

Sonder om die gesprek verder uit te rek, druk Danie die foon dood en hervat sy gedagtes toe hy iets buite die stal hoor. Danie staan vinnig op en stap na die oop deur. Die vlinders in sy maag neem hom terug na sy jonger dae as polisieman toe die kleinste dingetjie hom op hol gejaag het. Versigtig loer hy by die deur uit.

"Danie, moenie skrik nie, dis net ek."

Hy herken die stem wat hier digby hom vanuit die donker kom.

Hoofstuk 11

"Jan, kom maar uit."
Die ritseling in die bos reg langs die ou stal verklap finaal die nagsluiper se posisie voor hy eindelik te voorskyn kom.

"Wat het jou vrou vroeër hier kom maak?" val hy sommer dadelik met die deur in die huis.

"Dis nou 'n vreemde manier om 'n gesprek mee te begin. Veral gesien in die lig van jou betrokkenheid by die aangeleentheid wat uiteindelik tot haar en my kinders se vertrek gelei het," brom Danie.

"Ek het mos gesê ek is jammer daaroor, Danie. Maar jy moet my nou asseblief sê hoekom sy weer teruggekeer het."

"En hoekom nogal?"

"Kom ek stel dit so. Die sindikaat waaraan ek destyds behoort het, het skynbaar nuwe asem geskep en hulle is baie bedrywig op verskeie fronte. Een hiervan is om wraak te neem teen enigiemand wat hulle spoed gebreek het. Danie, jy is in daardie lig gesien, seker een van hulle grootste teikens," sê Jan met bekommernis duidelik hoorbaar in sy stemtoon.

"Is dit die rede vir jou nuuskierigheid oor Marla se besoek?"

"Presies, Danie. Dis hoekom jy my dringend moet sê wat sy hier kom maak het. Onthou, ek weet hoe daardie ouens se koppe werk."

Sonder om verder te aarsel, antwoord Danie, "Haar kortstondige besoek was om my en Diepseun te kom waarsku dat ons ons ondersoek na die moorde hier op die wildsplaas moet staak."

Hoewel dit donker is, kan Danie steeds die geskokte uitdrukking op Jan se gesig sien.

"Danie, moet nou nie oorreageer of al jou speelgoed uit die kot gooi nie, maar ek het 'n sterk vermoede dat hulle haar hierheen gestuur het om julle te kom waarsku."

"Hoekom dink jy so?"

"Omdat dit presies is hoe hulle koppe werk. Waar is jou kinders?"

Danie herkou eers 'n oomblik aan Jan se woorde voor hy huiwerig antwoord, "By Marla se ouers. Hulle behoort veilig te wees daar."

"Luister nou baie mooi na my, Danie," sê Jan ernstig, "ek gaan Diepseun se bakkie vat, nie steel nie, vat, en jy moet net twee dinge doen. Jy moet my met die bakkie laat gaan en jy moet nou, soos in nou dadelik vir my die adres van jou skoonouers gee."

Danie se huiwering en onsekerheid verdwyn eensklaps, "Ek kom saam met jou."

"Nee, kanse is dat hulle jou reeds dophou. Bly hier en maak asof jy van niks weet waaroor ons nou gesels het nie."

"O ja, 'n ene sersant Gerhard Viljoen het my netnou gebel en uitgevra oor waar jy jouself mag bevind. Lui die naam 'n klokkie?"

Die bleekheid op Jan se gesig verskerp. "Ja, hy was tydens jou ondersoek na die sindikaat se bedrywighede een van ons informante. Danie, hy is een van hulle."

Hoewel hierdie brokkie inligting skokkend is, dink Danie by homself dat niks wat betrekking het tot hierdie saak hom enigsins meer kan skok nie.

"Goed, gaan vat Diepseun se bakkie en gaan kyk dat my kinders veilig is. Maar luister nou baie mooi na my. As jy enigiets hiermee uit te waai het, sal ek jou tot die dag van my dood jag, en Jan," Danie bly 'n oomblik stil, "ek sal jou met my kaal hande vrekmaak."

"En ek glo jou. Maar ek kan jou verseker dat ek aan jou kant is. Ek hou jou op hoogte," sê Jan soos hy reeds begin wegdraf.

Hy weet hy moenie, maar iets binne hom stel hom gerus dat hy vir Jan kan vertrou. Met die glibberige oud-misdadiger reeds 'n ent weg, begin Danie ook terugstap na die kampeerterrein. Sy volgende stop is by Diepseun se huis om hom op hoogte te bring van die afgelope uur se gebeure. En natuurlik om hom te vertel dat Jan sy bakkie "geleen" het. Soos hy in die donker stap, wonder hy of iemand hom dophou, hy dink aan sy kinders en hulle veiligheid. Hy weet genoeg van die mense in hierdie sindikaat om te weet dat hulle ongenaakbaar is. Hulle het immers destyds al sy kinders probeer ontvoer. Maar as hulle vir Marla kan stuur om hom te kom waarsku, beteken dit net een ding; hulle weet waar sy kinders tans is en hierdie gedagte weeg veel swaarder op hom as die moontlikheid dat iemand hom dophou.

By Diepseun se huis aangekom, staan hy eers 'n oomblik stil. Dis sterk donker en die naggeluide gepaard met die stilte van die bosveld, laat hom dink hoe wreed die wêreld kan wees. Heeltemal onbewus van die mens se vermoë om alles en almal skade te berokken sonder om eens 'n oog te knip, sing die krieke snags en neem die voëls by hulle oor net voor die son sy kop uitsteek. Dis nou maar eenmaal die wêreld waarin ons onsself bevind. Met hierdie gedagte stap Danie eindelik in die rigting van die groot voordeur. Daar aangekom, kyk hy eers om hom rond – net vir ingeval iemand hom dalk regtig dophou en agtervolg. Dan lig hy sy regterhand op en klop. Na 'n paar sekondes, en met die gedagte dat Diepseun moontlik diep slaap, klop hy weer. Hierdie keer hoor hy hoe iets binne die huis omval.

"Diepseun! Sit die ligte aan dan sal jy nie oor alles val nie!"

Weer klink dit asof iets die grond tref en Danie begin dink dat iets nie pluis is nie. Hy vat aan die deurhandvatsel en sien dat dit oop is. Dan stap hy na binne, "Diepseun?"

Die volgende oomblik verskyn 'n figuur hier reg voor hom waarna dieselfde figuur hom gewelddadig uit die pad stamp en na buite hardloop. Soos blits is Danie weer op sy voete en sit die misterieuse geweldenaar agterna, maar dis tevergeefs. Die man is baie jonger, fikser, ratser en vinniger as hy. Daarmee saam is Danie al goed uitgeput van die dag se gebeure en hy laat die misdadiger noodgedwonge gaan. Dan draf hy vinnig terug na die huis om te gaan kyk of alles wel is met Diepseun. Hy stap stadig by die voordeur in en tref die groot man met die klein hartjie plat op die vloer aan.

Hurkend gaan sit hy langs hom en vra, "Diepseun, kan jy my hoor?"

Diepseun reageer nie, waarna Danie die ergste verwag en versigtig sy arm optel om sy wys- en middelvinger op die man hier voor hom se pols te plaas. Op daardie oomblik ruk Diepseun sy arm weg en skree: "Los my! Ek sal jou vrekmaak! Los!"

Danie skrik hom boeglam. Hy het eerlikwaar geglo dat die man dood is, "Diepseun, dis ek, Danie."

Na 'n rukkie kom Diepseun tot verhaal en staan stadig op. "Danie, maggies maar is ek verlig dat dit jy is."

"Vertel my wat gebeur het," sê Danie terwyl hy vir Diepseun ophelp.

Diepseun vryf met sy linkerhand oor sy agterkop, "Ek het iets gehoor en toe kom ondersoek instel. Toe ek die vreemde figuur hier in my voorhuis sien, was dit reeds te laat. Hy het my plat geduik en toe met iets oor die kop geslaan. As jy nie hier aangekom het toe jy het nie, was dit klaarpraat met Diepseun van der Merwe."

"Ek neem aan dat jy nie kon sien wie dit was nie?"

"Nee, ongelukkig nie, maar ek kan wel een ding bevestig, dis dieselfde persoon wat my vanmiddag in die stal aangehou het."

"Regtig? Hoe weet jy dit?"

"Hy dra 'n ondraaglike naskeermiddel. Druk bietjie jou neus in die lug dan snuif jy. Nou gaan ek my huis moet laat spuit met wat ook al 'n sterker reuk as hierdie stink gemors het."

Danie grinnik soos hy die reuk probeer inasem, "Jy is reg. Dit is omtrent 'n afstootlike reuk."

Nadat Danie vir hulle koffie gemaak het, gaan sit die twee mans op die groot voorstoep. Danie besef dat sy, sowel as Diepseun, se lewens in werklike gevaar verkeer.

Hoofstuk 12

Marla vee die trane van haar wang af terwyl sy doelloos in 'n rigting ry. Doelloos omdat syself nie eintlik weet waarheen sy op pad is nie. As sy tog net vir Danie kon vertel, maar hulle het dit duidelik gemaak dat hulle haar dophou. Haar kop voel deurmekaar, hoe gaan sy hierdeur kom? Sy weet dat Danie te hardnekkig is om die ondersoek sommerso te laat vaar. Sy besef dat hy sal voortgaan omdat haar waarskuwing uit die bloute geen impak op hom sal maak nie. Marla weet ook dat Danie reeds onraad vermoed omdat haar gedrag heeltemal teenstrydig is met haar persoonlikheid.

Die motor begin ruk en stik. Sy kyk na die petrolnaald en besef dat sy vinnig by 'n vulstasie sal moet uitkom. Sy weet nie hoe ver sy al van die wildsplaas af gery het of waar sy haarself tans bevind nie. Al wat sy weet is dat haar lewe onomkeerbaar verander het. Niks sal ooit weer dieselfde wees nie, nooit, ooit weer nie! In die vêrte sien sy die helder ligte van 'n groot vulstasie langs die pad. Hieroor is sy baie verlig. Maar waarheen tog nadat sy die motor volgemaak het? Haar gedagtes hardloop wild en wakker rond. Moet sy polisie toe gaan? Nee, dink sy, die booswigte het haar in geen onsekere terme laat verstaan dat hulle konneksies in die polisie het. Haar enigste hoop, haar enigste redding soos soveel keer die afgelope tien jaar, is Danie.

Ja, hy is kwaad vir haar, maar hy is steeds haar man en al wil hy dit nie op hierdie oomblik glo of weet nie, is sy steeds sy vrou. So diep vasgevang in haar gedagtes, ry sy amper verby die vulstasie maar swenk vinnig na links en swaai gelukkig daar in voor dit te laat is. Nadat die kar volgemaak is, vra sy die petroljoggie watter dorp die naaste van hier af is, waarop hy tot haar skok antwoord, "Villiers, hy is seker so 30 kilometer daar voor." Villiers! Sy is al amper in die Vrystaat! Marla besluit om by die volgende afrit te gaan omdraai. Daar is geen ander oplossing tot hierdie penarie, indien enige, as om haar te gaan aansluit by haar man nie. Of hy haar daar wil hê of nie, dis waarheen sy nou gaan.

So gesê, so gedaan. Sy neem die volgende afrit, draai na regs en toe weer regs tot op die snelweg. Haar hart bons in haar keel. Maar Danie se reaksie is op hierdie oomblik die minste van haar bekommernisse. Sy kan nie nou teruggaan na haar ouers toe nie, daardie opsie is by die deur uit. Dis Danie of die begraafplaas. Vasbeslote om so gou as moontlik weer by die wildsplaas te kom, versnel sy. Haar moegheid word deur die adrenalien wat deur haar are pomp teengewerk en haar oë is wawyd oop en stip gefokus op die donker pad voor haar.

Die son wil-wil sy eerste strale begin gooi toe sy deur die strate van Brits ry. Die einde van haar moeisame rit is amper in sig. Sy sien hoe die dorp begin lewe kry en dink by haarself hoe gelukkig hierdie mense is. Hulle is salig onbewus van die beproewing waardeur sy moet worstel. Hulle begin 'n nuwe dag en al dink en voel van hulle miskien so, is hulle probleme niksseggend in vergelyking met haar probleme. Op daardie oomblik spoel 'n gevoel van selfbejammering oor haar. As hulle tog net nie na die wildsplaas gegaan het nie, reken sy, sou hulle lewens veel beter gewees het as wat dit van hierdie punt af gaan wees. Niks sal ooit weer dieselfde wees nie. Dit maak nie saak hoe sy daarna kyk nie, die realiteit van hulle situasie is lankal verby die punt waar iemand vir jou sê om net positief te bly. Die realiteit vertel sy eie verhaal, 'n ware weergawe van die stand van sake.

Na 'n ruk draai sy eindelik by die groot hek van Rots-en-Dal Wildsplaas in. Die eiendom van die man wat haar en haar gesin se lewens kom deurmekaar krap het. In sy verdediging, dink sy verder, het Diepseun sekerlik geen manier gehad om te weet dat dinge so sou uitdraai nie. Kort voor lank hou sy langs die sleepwa by Danie se staanplek stil, klim uit, rek en strek bietjie voor sy na die groot tent toe stap.

Marla trek die seil-deur oop, maar die tent is leeg. Miskien is Danie by die lapa, dink sy en begin in daardie rigting stap. Nes vroeër in Brits, begin die kampeerders ook om by hulle tente uit te sluip om die nuwe dag te begroet. Ook vir hulle is dit 'n nuwe, sorgelose dag. Dis nou as die gedagte aan die moontlikheid om deur die een of ander mal mens vermoor te word, jou nie afskrik nie. Nog doenig met haar donker gedagtes, begin sy aanstaltes maak na die lapa.

Sy sien die kroeg se deure staan wawyd oop, vreemd, dink sy. Die son is nog nie eens behoorlik op nie en die kroeg is al oop. Stadig sluip sy nader en hoor twee manstemme. Marla loer by die deur in. Voor sy haar kan kry, sê sy kliphard: "En dit?! Wat maak julle twee hier?"

Danie en Diepseun spoeg gelyktydig die brandewyn wat vir hul kele bestem was op die vloer uit, "Marla! Jy het teruggekom!" skree Danie opgewonde terug.

"Ja, ons moet praat, maar eers wanneer jy nugter is."

"Ek is nugter, man! Ons, en veral Diepseun het 'n rowwe nag agter die blad toe besluit ons om ietsie vir die senuwees te kom neem."

Marla stap verder na binne, trek 'n stoel nader en gaan sit by hulle. "Skink vir my ook een asseblief."

Hoofstuk 13

Na hulle 'n paar doppe weggesluk het, draai Danie na Marla en vra, "Waaroor was gister se waarskuwing? Wat gaan aan, Marla?"

Marla sit die glasie op die tafel neer en begin onbeheersd huil. Sy is ontroosbaar. Diepseun skuifel ongemaklik rond en Danie sit net en staar na sy vrou. Hy weet nie wat om te sê of doen om haar te kalmeer nie. Toe Marla uiteindelik 'n paar woorde kan saamflans sonder om in trane uit te bars, sê sy, "Danie, hierdie mense speel nie," maar toe bars sy weer in trane uit.

"Marla, wat is dit? Praat met my."

Sy wou net weer probeer praat toe iemand by die kroeg ingestrompel kom. Diepseun, Danie en Marla swaai gelyktydig om en sien 'n man in die deur staan. Met die oggendson wat teen hierdie tyd al helder skyn, veroorsaak dit dat hulle nie veel meer as 'n silhouette in die deur sien staan nie. Die vreemde wese stap hinkepink in hulle rigting. Danie spring op en sê: "Stop net daar. Wie is jy en wat soek jy?"

Die man ignoreer Danie se vrae en dreigende houding. Steeds kom hy nader. Danie verander sy posisie om beter te kan sien, en toe tref dit hom, "Jan?!"

Op daardie oomblik spring Diepseun ook op, "Wat?! Jan Snyders? Wat maak jy hier, jou gemors!"

Diepseun wil op hom afstorm toe Danie hom keer, "Nee, wag Diepseun. Hy lyk nie lekker nie."

Danie se observasie was in die kol. Jan gee nog een tree voor hy op die grond neersak. Danie draai na Marla en vra haar om vir hom 'n glas water te bring. Marla spring dadelik op en maak soos Danie versoek.

Danie gaan sit op sy hurke langs Jan, "Jan, wat het gebeur? Wie het jou so pap geslaan?"

Die verwilderde oë van die man wat gewoonlik baie selfversekerd en volgens Danie eintlik voor op die wa is, stuur koue rillings al langs die oud-speurder se rugstring af.

"E...e...ek is j...j...jam...mer, Danie," gevolg deur 'n ongemaklike kreun.

Die verwilderde kyk in sy oë verander in 'n simpatieke kyk. Sy oë heeltyd stip op dié van Danie gerig. Jan gee 'n laaste kreun en toe is hy weg.

"Hier, hier is die water, Danie."

"Toe maar, Marla, los maar. Hy's dood."

Marla steier agteruit en Diepseun keer haar voor sy val terwyl Danie deur Jan se broeksakke voel vir enigiets wat hulle nader aan 'n oplossing vir hierdie raaisel kan bring. Hy vat aan 'n stuk papier in Jan se een broeksak en haal dit uit. Dit is met bloed besmeer, maar tog netjies in die sak geplaas. Danie vou die papiertjie oop en begin dit hardop te lees.

Hulle sê eerder bang Jan as dooie Jan. Wel, ek sê nou weer, eerder dooie Jan Snyders as lewende Jan Snyders. Diepseun moet sy plaas aan ons oordra.

Danie en Marla, julle het julle straf reeds ontvang. Pak nou op en trap weg van hierdie wildsplaas. Sien hierdie as julle heel laaste waarskuwing.

Danie staan op, en dan tuur hy in die vêrte. Sy kop en oë is nou wel op Diepseun en Marla gerig, maar sy gedagtes is baie verder weg as die afstand tussen hom en die twee mense hier voor hom. Hy oordink die woorde in die briefie. Dan begin hy dit hardop uitpluis.

"Wat bedoel die skrywer? Watter straf het ek en Marla ontvang? Moet my nie verkeerd verstaan nie, die afgelope paar dae was nie maklik nie, maar dit kan tog nie gemeet aan hulle bewese wreedhede as genoeg straf gereken word nie." Dit maak nie vir Danie sin nie, maar vir Marla maak dit heeltemal sin.

Diepseun se gesig is bleek. Dis asof die harde werklikheid van die situasie hom nou eers tref. Eers was dit Charlotte, toe vyf ander vrouens en hier lê Jan Snyders dood op sy kroeg se vloer. Danie onderbreek Diepseun se gedagtes toe hy begin praat, "Diepseun, moenie die polisie bel nie. Dis nou net ons teen hulle. Dis duidelik dat hierdie mense alles van polisiebeamptes tot regters in hulle sak het. Ons kan nie bekostig om nou ons hand te oorspeel nie."

Sonder om in woorde te antwoord, skud Diepseun instemmend sy kop stadig op en af.

Marla stap tot by Danie, "My man, daar is iets wat ek jou moet vertel. Dis hoekom ek vandag teruggekom het. Dis baie dringend."

Nou is dit Danie se beurt om soos Diepseun, sy kop te knik.

"Ek dink jy moet sit."

Danie is nie lus om te stry nie en drentel in die rigting van die kroeg se toonbank waar hy 'n stoel nadertrek en gaan sit. Marla wou net begin praat toe nog iemand daar ingestap kom.

"Môre!" Die man kyk af na die lyk op die vloer en gaan voort, "Dis nou vir jou 'n gemors. Lyk my julle drietjies hou daarvan om julself in sulke ongemaklike situasies te begewe," kom dit laggend van die vreemdeling.

Danie het nou genoeg gehad. Hy spring van sy stoel af op en bestorm die man. Voor die laggende skim uit die pad kan spring is Danie op hom. Hy duik hom grond toe en begin slaan. Hy gee nie om wie dit is en of hy raak slaan of nie, hy is blindelings kwaad, maar ook geestelik moeg vir al die raaisels en moorde. Met elke tref-hou lag die man wat so aangerand word net al harder, "Slaan! Slaan ou ballie!"

Diepseun en Marla trek hom eindelik van die man af. "Dit was lekker, voel jy nou beter, ou Daantjie?"

"Wie is jy en wat soek jy?" vra Danie uitasem.

"Ek is sersant Gerhard Viljoen en jy het sopas 'n geregsdienaar aangerand met die doel om ernstig te beseer. Ek sê jou mos, jy grawe die gat net al hoe dieper vir jouself."

"Jy is geen geregsdienaar nie! Jy is niks beter as die bloeddorstige barbare vir wie jy werk nie!"

"Wie is dit nogal? Die regering van ons land?" Weereens bars Gerhard uit van die lag. Die ironie van sy vraag gaan nie ongesiens verby nie. Ook nie die ooglopende arrogansie van die man nie. Dan draai hy na Marla, "Het jy vir ou brombeer vertel wat daar by jou mammie en pappie se huis gebeur het?"

Danie kyk geskok om na Marla, "Wat het gebeur?!"

"Ek wou jou nou net vertel voor hierdie vark hier ingekom het. Dis hoekom ek terug is."

"Ag, ek sal jou maar vertel want jou vroutjie gaan net weer aan't tjank gaan as sy jou moet vertel," sê Gerhard smalend.

Hoofstuk 14

Marla stap na Gerhard, kyk hom met vuur in haar oë op en af en sê, "Ek sal my man vertel."
Sy draai weg van hom en stap dan na die toonbank waar sy eers vir haar nog 'n brandewyn skink voor sy verder praat. Sy is emosieloos, daar is geen teken van trauma of trane nie.

"Danie, toe ek nou die dag op pad was na my ouers met die kinders, het ek hier buite Brits gestop om brandstof in te gooi toe 'n vreemde man my nader. Hy het gesê as ek presies doen wat hy sê, niemand sal seerkry nie. Ek het ingestem, maar op voorwaarde dat ek eers die kinders by my ouers gaan aflaai. Dit het ek gedoen en toe ek seker is dat hulle veilig is, het ek dadelik weer gery om hom te gaan ontmoet by 'n plek soos ons afgespreek het. Daar het hy vir my gesê om jou te bel en vir jou te sê om my by die ou stal op die wildsplaas te ontmoet. Ek was vroeër by hierdie ontmoetingsplek as wat ek moes wees en het die laaste gedeelte van 'n telefoongesprek tussen hierdie man en iemand anders afgeluister. Dit was duidelik dat hulle jou by die ou stal gaan inwag en vermoor. Maar erger nog, hulle wou jou eers martel omdat jy blykbaar moet boet vir jou aandeel in die ondersoek voor jy afgedank is. Ek kon dit nie doen nie. Afgesien van wat jy van my dink of vir my voel, bly jy my man en ek is lief vir jou. Hoe moes ek aandadig wees tot jou marteling...tot jou dood?"

Gerhard staan met 'n breë glimlag en luister na die storie voor hy haar onderbreek om iets by te las, "En raai wat? Ek was die persoon aan die anderkant van daardie telefoongesprek."

Marla kyk met skrefies-oë na hom voor sy verder praat, "In elk geval, my weiering het die vreeslikste nagevolge gehad. Ek het in die motor gespring en na my ma-hulle se huis gejaag om die kinders te gaan optel. Ek was te laat," skielik is die emosie terug, "my ma en pa was reeds dood. Hulle is soos diere doodgemaak. Dit was die aakligste toneel denkbaar. Hulle het my ouers gemartel voor hulle kele summier afgesny is."

"Marla, ek is jammer, ek is so jammer my engel," sê Danie in 'n fluisterstem.

Marla gaan voort, "Ek het na die kinders gaan soek, maar kon hulle nêrens kry nie. Die man wat soos ons nou weet, met Gerhard gepraat het oor die foon, het daar aangekom en vir my gesê dat hulle die kinders gevat het. Hulle lewe nog, maar vir hoe lank hang van my af. Dis toe hy vir my sê om hierheen te ry om vir jou en Diepseun te sê om julle ondersoek te staak. Dis hoekom ek weer so vinnig moes wegkom. Die man het dit duidelik gemaak dat daar altyd iemand is wat ons dophou en dat ek slegs daardie boodskap moes oordra en dan dadelik weer ry. Soos julle weet het ek my kant van die opdrag nagekom. Ek is hier weg en het net aanhou ry. Ek het nie geweet waarheen of hoekom nie. Gelukkig het my brandstof opgeraak en toe ek besef dat ek net duskant Villiers is, het ek besluit om weer hierheen te kom. Enigiemand wat twee bejaarde mense so kan verniel, kan sekerlik nie vertrou word om vir Frikkie en Suné geen skade te berokken nie. As ek doodeerlik kan wees, ek het vrede gemaak met die idee dat hulle ook reeds dood is."

Weer storm Danie op Gerhard af, maar hierdie keer is die skelm polisieman gereed daarvoor. Hy swenk uit die pad en stamp vir Danie teen die muur vas. "Nie twee keer nie, ou toppie," kom dit laggend van Gerhard voor hy verder gaan, "dis hoe dit gaan werk. Diepseun, jy gaan jou hele plaas in 'n naam oordra wat ek aan jou sal verskaf. Danie, jy, ou Diepseun en vroutjie gaan dan saam met my en my twee kollegas," hy draai na die deur en wys in die rigting van twee lummels wat buite staan en wag, "na die ou stal gaan vir 'n laaste uitstappie."

"En hoekom sou ek my plaas aan julle gee?" vra Diepseun.

"Wel, omdat jy een van ons mense nou al vir jare lank te na kom. Die plek is nou syne en siende dat julle almal binnekort die tydelike vir die ewige gaan verruil, kan ek julle seker maar vertel wat ons met die plaas gaan doen. Jy sien, Diepseun. Ons het vir Charlotte vermoor in die hoop dat jy jou goedjies sou pak en trap, maar toe jy vasklou, moes ons die plan effens aanpas. Dis nou 'n jammerte dat vyf onskuldige vroue die hoogste prys moes betaal vir jou hardkoppigheid..."

"Hulle bloed is aan jou en jou maatjies se vuil pote, dit het niks met my uit te waai nie!"

"Wel, hoe dit ook al sy, selfs met die moontlikheid van 'n reeksmoordenaar op jou wildsplaas, wou jy steeds nie waai nie. En hier kom die beste gedeelte van ons plan in. Ons gaan die plek steeds as wildsplaas bedryf, maar daarmee saam sal dit ook dien as veilige hawe vir die vrouens en kinders wat ons na die Ooste uitvoer. Ek meen, wie gaan nou hier in die middel van nêrens kom soek vir 'n mensehandel sindikaat?"

"Waar is ons kinders?" vra Danie.

Gerhard ignoreer Danie se vraag en draai na Marla, "Marla, jy was verkeerd. Ons was nooit van plan om julle bloedjies dood te maak nie. Hulle gaan nog so bietjie hier op die plaas kom vakansie hou voor hulle na hulle nuwe tuistes gestuur word. Die slegte nuus vir julle, is dat julle nie saam met hulle gaan vakansie hou nie."

Diepseun staan nog die heeltyd en wonder aan wie hy sy wildsplaas moet gee, "Vir wie kom ek nou al jare lank te na? Wie gaan die nuwe eienaar van Rots-en-Dal wees?"

"Dis ek, baas Diepseun," sê 'n stem vanaf die kroeg se agterdeur.

"Petros?!"

"Nee, van nou af is dit baas Petros," kom dit laggend, "hierdie mense hulle betaal met die regte geld. Nou ek gaan lekker lewe hier by my plaas."

"Tipies! Na al die jare hier saam met my familie. Jou lae vuilgoed!"

"Ek wil net nog een ding sê, Diepseun. Charlotte sy het soos die vark geskree toe ek haar aan die boom ophang. Van al die vrouens, was dit vir my die lekkerste om haar dood te maak," sê Petros met 'n grynslag.

Diepseun wil ontplof en Gerhard sien dit. Voor hy iets kan doen, kyk hy in die loop van Gerhard se pistool vas en hy staan terug. Gerhard sit 'n koopkontrak voor Diepseun neer en sê hom aan om te teken. Sou hy weier verloor hy die opsie om vinnig te sterf. Gerhard maak dit baie duidelik dat hulle hom vir maande lank aan die lewe kan hou en elke dag daarvan sal martel. Hiervoor het Diepseun beslis nie lus nie. Hy neem die pen, kyk 'n rukkie lank na die stuk papier voor hom, dan kyk hy eers na Petros en toe na Gerhard. Hy is vas.

Hoofstuk 15

Nadat Diepseun die kontrak onderteken het, staan hy moeisaam op en stap tot by Danie en Marla, "Nou goed, kom ons gaan. Ek het niks meer oor nie," sê hy gebroke.

"Mooi! Ek hou van jou aanvaarding van die situasie. Jy het immers geen ander keuse gehad nie," kom dit van Gerhard.

Hulle stap na buite waar Gerhard se twee handlangers hulle inwag. Diepseun het dalk opgegee, maar ek is nog nie klaar nie, ek is nog nie dood nie, dink Danie. Marla kyk op daardie oomblik na haar man en weet sommer wat hy dink. Waar sy hom gewoonlik sou vermaan, besluit sy om in te val met enige plan waarmee hy dalk vorendag gaan kom. Hulle klim in die groot viertrek-voertuig wat voor die kroeg geparkeer staan en ry dan in die rigting van die stal.

Na 'n paar minute stop hulle waar Gerhard hulle aansê om uit te klim. Dis nou of nooit, dink Danie. Eers stap hy gedienstig in die rigting waarheen Gerhard met sy pistool wys, en toe stamp hy een van die gewapende mans langs hom onderstebo en hardloop die bosse in. "Gaan haal hom!" skree Gerhard aan die ander man.

Danie hardloop so vinnig as wat sy bene hom oor die rowwe terrein kan dra. Hy het al genoeg hier rondgestap om te weet van 'n goeie skuilplek. Hy sal daar hergroepeer en dan terugkeer na die stal om vir Marla en Diepseun te gaan red. Hy besef dat dit nie veel van 'n plan is nie, maar onder omstandighede sal dit net moet deug. Sy hoop bly gevestig op die moontlikheid dat Gerhard sy twee gevangenes lewend sal hou tot hulle hom gevang het. Hy bereik die skuilplek en gaan lê dan plat op sy maag. As hy net hier bly, sal die booswig wat na hom soek hom nooit kry nie.

Hy spits sy ore vir die geringste geluide. As die geleentheid homself voordoen, so besluit hy, sal hy die man probeer oorrompel en sy wapen afvat. As hy gewapen is, het hy 'n goeie kans om die benarde situasie waarin hulle tans verkeer om te swaai in hulle guns. Weer luister hy aandagtig en hoor hoe iemand sowat drie meter van hom af op die droë gras trap. Dis nog te ver weg, hy sal vasbyt tot die man naby genoeg is om sy kanse te verbeter. Die vyand kom al hoe nader. Danie se hart klop nou so hard in sy borskas dat hy wonder of die man dit kan hoor. Nog net 'n paar treë dan gaan hy sy skuif maak. Versigtig bring hy homself orent en loer van agter die miershoop wat tussen hom en die booswig is. Kom nou, jou lae luis, weerklink dit in sy gedagtes.

Net voor hy sy skuif wil maak, hoor hy die oorverdowende geraas van 'n geweerskoot. Die wyse waarop dit weergalm stel hom gerus dat dit mis was. Het Diepseun en Marla dalk vir Gerhard en sy makker probeer oorrompel? Hy kan nie nou daaraan dink nie.

Hy moet fokus op sy eie geveg. Danie besef dat hy niks vir Diepseun en Marla sal beteken as hy nie hierdie struikelblok suksesvol oorkom nie. Sonder om verder tyd te verspeel, spring hy agter die miershoop uit en duik die man hier digby hom grond toe. 'n Geveg om lewe en dood ontaard; iets wat albei mans maar al te goed besef. Die wenner oorleef en die verloorder is tien teen een dood. Eers rol hulle hierdie kant toe en dan daardie kant toe. Beide is aan die ontvangkant van 'n paar harde houe. Met die booswig bo-op Danie, besef hy dat hy besig is om te verloor, hy dink aan Marla, en dan aan Frikkie en Suné, hy kan nie nou opgee nie. Dis hy of hierdie lummel. Hierdie gedagte laat die adrenalien net nog sterker vloei en hy stamp die man van hom af voor hy 'n klip hier langs hom optel. Toe die man opstaan, slaan Danie hom met alles in hom oor die kop met die klip. Die kraakgeluid toe die klip sy kop tref, is bevestiging dat hierdie geveg verby is. Die man vat aan sy kop, die bloed stroom uit die wond oor sy hand en hy val net daar morsdood neer. Sonder om enige verdere tyd te verspeel, vat hy die dooie man se vuurwapen en begin terugbeweeg na die stal. Nog op pad daarheen hoor hy hoe nog 'n geweerskoot afgaan. Hierdie keer weergalm dit baie minder. Die koeël het iets of iemand getref.

Nou verander Danie se stap in 'n draf toe hy nog twee skote hoor afgaan. Hy is buite homself van waansin. Wie skiet en wie word geskiet? Met hierdie gedagte begin hy nou volspoed hardloop in die rigting van die ou stal. Dit neem nie lank nie, of hy sien die stal se gehawende dak tussen die lang gras uitsteek.

Hy steek vas om die omgewing te bespied voor hy versigtig nader beweeg. Hy sien nie vir Marla of Diepseun nie, maar ook nie enigiemand anders nie. Danie besluit om nader te beweeg, toe iemand hom van agter af op sy naam roep, "Danie, als is onder beheer. Marla en jou kinders is veilig."

Danie draai verskrik om, hy herken die stem. Dis die laaste stem wat hy gedink het hy ooit daardie woorde sou hoor uiter. "Phil!"

"Dis net ek daardie. Maar my naam is eintlik Michael Oelofse, of wag, speurder Michael Oelofse."

Danie strompel oor sy woorde, "Maar, wat, hoe? Jy en Marla?" toe hy tot verhaal kom, gaan hy voort, "Jy het dan my vrou bedwelm en hierheen gebring. Wie doen so iets?"

"Dit was alles deel van die plan, my engel," hoor Danie 'n vrouestem sê.

"Marla!" Hy hardloop na Marla en gooi sy arms om haar. "Dankie tog, jy lewe! Maar wag, bedoel jy die hele storie rondom wat tussen jou en Phil gebeur het was 'n set?"

Phil Malan, oftewel Michael Oelofse beantwoord toe die vraag namens Marla, "Ja, Danie. Wel, nie van die begin af nie, ek het haar regtig bedwelm, maar ek sou haar nooit onteer nie. In elk geval, ek is destyds hierheen gestuur omdat ons inligting ontvang het dat die sindikaat planne beraam om hierdie wildsplaas as nuwe basis vir hulle booshede te gebruik. Daardie dag toe Marla by die kroeg opdaag, kry ek toe die idee van die gedokterde drankies. Ek moes haar op 'n manier hier weg kry met jou kinders en ek het geweet dat jou hardkoppigheid daarmee sou help. Ek het ook geweet dat jy op daardie stadium besig was met die personeellys en toe gehoop dat jy Jan se naam sal herken." Hy draai na Marla, "Ek is werklik jammer oor wat met jou ouers gebeur het. Dit was ongelukkig een van daardie onvoorsiene dinge. Ek kan julle wel gerus stel dat julle kinders nooit in werklike gevaar was nie. Die moordenaars het hulle by twee mans gaan aflaai – twee polisiemanne wat onder 'n dekmantel gewerk het."

Op daardie oomblik kom Diepseun ook aangestap. Hy het nie 'n idee wat nou hier aangaan nie. Danie omhels hom. Die verligting is duidelik sigbaar op die oud-speurder se gesig. "Waar is Gerhard en sy handlanger?"

"Wel, jy het seker die skote gehoor?"

"Ja, ek was gek van bekommernis daaroor. Ek het gehoor dis raakskote."

"Dit was, ja. Een in Gerhard se voorkop en twee in sy maatjie se dik pens," kom dit vermakerig van Michael.

Danie het nog baie vrae, maar dit word in die kiem gesmoor toe hy twee kinderstemme hoor, "Pappa! Mamma!" Frikkie en Suné is oorstelp van blydskap, maar niks meer as Danie en Marla nie. Marla tel vir Suné op terwyl Danie vir Frikkie optel en hom uit pure blydskap in die lug gooi en hom weer vang.

"Marla, kom ons gaan huis toe," sê Danie voor hy 'n laaste keer na Michael kyk.

Diepseun keer vir Danie voor, "Wag, julle is by die huis. Ek wil helfte van my wildsplaas aan jou en jou gesin oordra.

Hoofstuk 16

"Ai, my man. Ja, die hele gedoente was 'n nagmerrie, maar jou naam is in ere herstel en ons het 'n ware tuiste gevind. Kyk net hoe gelukkig is die kinders," sê Marla terwyl sy kyk hoe Frikkie en Suné wegkruipertjie speel.

Die bose sindikaat se baasbrein, Gerhard Viljoen, is dood. Daardie hoofstuk van hul lewe is nou finaal afgesluit.

"Ja, maar ek is werklik hartseer oor jou ouers. Hulle het nie verdien om te sterf nie, veral nie op daardie wyse nie."

"Dit is vreeslik, en ek wil nie gevoelloos oorkom nie, maar Danie, ons kinders is ongeskonde. Ek weet nie wat ek sou maak as hulle iets moes oorkom nie."

Hulle gesprek word onderbreek toe Diepseun daar opdaag, "Goeie nuus. Die polisie het vir Petros op die Zimbabwiese grens vasgetrek. Hy gaan baie lank sit, wel, so lank as wat hy asemhaal. Ek het ook met die bouers gesels, hulle reken dat julle nuwe huis oor 'n maand of so voltooi sal wees."

"Diepseun, hoekom laat jy die nuwe huis reg langs joune bou?"

"Ek sien dit so, ek het nog nooit bure gehad nie, en met julle langsaan, het ek die beste bure waarvoor enigiemand ooit kan vra."

Marla bloos, "Dankie, Diepseun. Regtig, baie dankie vir alles."

"Ek is jammer oor jou ma en pa, maar ek is dankbaar dat jy, Danie en julle twee oulike kinders dit gemaak het. Ek sien uit na niks anders as voorspoed nie. Saam gaan ons Rots-en-Dal Wildsplaas op die kaart plaas vir al die regte redes.

Danie onderbreek die ligte gesprek toe hy sê, "Diepseun, ek weet nie of jy gehoor het nie, maar Jan Snyders het nog die hele tyd as informant vir die polisie gewerk. Hy en Phil is beide hier geplaas om die sindikaat se planne te fnuik, ek dink ons moet later 'n glasie klink op die man. Hy was toe nie so sleg soos ek gedink het nie."

"Ja," kom dit van Diepseun, "ek voel eintlik sleg oor hoe ek die ou hier aan die einde behandel het."

"Moenie, jy het mos nie geweet nie," stel Danie hom gerus.

Marla lig haar koffiebeker hoog in die lug, "Op Jan Snyders, Phil Malan; of dan Michael Oelofse, my ouers, Charlotte en die onskuldige vrouens wat die hoogste prys moes betaal sodat ons hierdie wonderlike wildsplaas ons huis kan noem."

"Hoor-hoor! En op 'n nuwe begin!" Kom dit gelyktydig uitgebasuin deur Diepseun en Danie.